U0131334

INK INK INK INK INK INK
INK INK INK INK INK
INK INK INK INK INK INK
INK INK INK INK INK
INK INK INK INK INK INK
INK INK INK INK INK
INK INK INK INK INK INK
INK INK INK INK INK
INK INK INK INK INK INK
INK INK INK INK INK
INK INK INK INK INK INK
INK INK INK INK INK
INK INK INK INK INK INK
INK INK INK INK INK
INK INK INK INK INK INK
INK INK INK INK INK
INK INK INK INK INK INK
INK INK INK INK INK
INK INK INK INK INK INK
INK INK INK INK INK
INK INK INK INK INK INK
INK INK INK INK INK

INK

INK

文學叢書

105

之後

張耀仁◎著

獻給親愛的M

目次

自序／無效問句．007
每日。食．015
一天．053
碎時光．075
千里．105
之旅．123
偷閒．149
雙人衛浴．169
大旅社．191
宛若我父．211
後記／一場流䅘四射的對決　駱以軍．231

〈自序〉無效問句

耀小張，我人正在天祥，有些事一言難盡。我的狀況確實非常糟，這些月來除了糊口的稿子寫完便已耗盡全部精神，長篇也掛點。你的序我反覆琢磨，不知怎麼就是無法寫出足以無愧之序，整個人近乎失能……我的精神有些耗弱，所以出來走走。請不要被我影響，讓自己成為一強大者繼續走這條說真的還痛苦的路。

——駱以軍，二〇〇五・六・二十九

這一刻，我想起了我父親。

一個大雨滂沱的午后，他跳上嘉義開往白河的公車，心底洩氣地想著：「啊不然算了！回去那個菜市場賣魚也不錯啦！」——他原本打算報考嘉義高工，想說將來畢業後可以到哪個科技公司謀職任事——豈知，報名早就結束啦！他失魂落魄地倚在公車上，車窗震響，工洞工洞，以至於他的腦袋一上一下激烈搖晃著，像那些不斷搖晃的街景，像他還未甘心的思緒。

也就是這時候，我父親看見一塊紅布條，上面寫著「保證」、寫著「讚」，他趕緊跳下車，興沖沖地跟著大夥排隊繳了錢，然後考進嘉義高商，從此對於會計產生興趣，參加銀行招考無攻不克，五十八歲那年從銀行退休，頭銜是職等最高的經理。而今，我父親和我母親手牽著手，兩人開開心心、無憂無慮地環遊世界，最新的計畫是準備前往日劇《愛在聖誕節》男主角春木與女主角由季共同想望：「據說看見極光就能夠遇上幸福」的北極黃刀鎮。

也因此，我父親往往問起：「如果那時候，我眞的去了嘉義高工呢？如果那天沒有睡得那麼晚，是不是，我的人生就要改變啦？我還會認識你媽嗎？還會生下你嗎？是不是你就不會坐在這裡寫小說、寫自序囉？」

無效問句。

這一刻，我這麼激動著——關於那些迢遠的、一去不復的時光——永遠有什麼「關鍵」的引爆點，像是突然接對了的紅白線頭，抑或稍不注意就啪地關機而漏失了資料的電腦，在無法預知的狀態下，我們啓動了那個改變一生的按鈕，直到驀然回首，這才恍然大悟：「如果當初不是這樣的話……」

如果當初我沒有寫小說的話，如果當初我沒有遇見年輕的小說家……

如果……

耀小張，聽說哲生之事時，我正替家父作頭七，像夏目漱石《此後》結尾，整個世界旋轉，燃燒起來。這條路何其孤單痛苦，一定要頂住。

——駱渣，二〇〇四・四・八

無效問句。

許多年後，我漸漸懂得「這條路」的艱辛、角力，其中的傷害與無以名狀的恐懼——面對那汩汩湧出的質疑：你追索什麼？相信什麼？爲什麼非得寫作？我竟發覺自己再也沒有力氣去還擊——那彷彿隔了一條極寬的沙河，不斷陷落的叫喊與無論如何難以迄達彼岸的憂畏尖刺著心，最後連同聲音也一併滅頂。

三十歲了，距離川端康成寫下《伊豆的舞孃》已經相隔二年。三島由紀夫的腹肌還來不及優美誘人。卡夫卡花掉半個月寫成〈蛻變〉。米蘭昆德拉從憂鬱的捷克離開。〈脂肪球〉還在莫泊桑的腦海中翻滾。喬伊斯的妹妹在一個冬天裡從火爐搶救出那本《青年藝術家的畫像》。海明威改寫的《戰地鐘聲》造成大賣。卡繆出版《異鄉人》。喬治・歐威爾是一名極其平凡的漢普斯特書店員。張大春的〈將軍碑〉據說正由警備總部一個字一個字校對——

那究竟意味著什麼？

我坐在桌前，我盯著電腦，我對家裡的肥貓說：在故事或小說的背後——「在那之後」

——是否擁有一張明晰光潔的面孔，是否具備了一個清楚的脈絡、一個可供被描摹被相信的文壇藍圖，或者更逼進文學核心的，路徑？

無效問句。

我知道沒有人能夠將情況說得清楚（畢竟，「那個光輝的年代」已經近乎薄脆的泛黃紙張了），但我終究想起了那一天——在日記裡我這麼寫著：一九九六年一月四日——我和年輕的小說家第一次碰面，坐在那間耗盡所有力氣也找不到打火機的咖啡店裡，整個訪談過程中，碩胖且高大的小說家始終緊握著一包揉皺了、乾癟的香菸盒，斷斷續續說起那些光度逐漸暗下去的、成爲模糊輪廓裡的「他們的身世」。

我當時是怎麼想的呢？我問了小說家什麼？我對文學困惑嗎？我會不會狂妄地以爲：「這有什麼難？我一定行滴！」——那幾年，青春無措的小說家不知在哪個角落裡困鬥，而我在昏昧無光的山中咖啡館裡聆聽他叨叨絮絮訴說著一遍又一遍的創作與生活——那時候，我是如何看待眼前這位「正一點一滴黯澹著」的小說家？我是否想著：「完蛋了啊！這個『爲了逃避兵役而變得又胖又腫再也瘦不下來』的傢伙，該不會是一位明天就要消失了的、抑鬱以終的蒼白文藝青年吧？」

無效問句。

許多年後，我再度聆聽那卷彼時訪談所存留的錄音帶，因爲年歲刮磨以致聲牙凌擾的話語，聽來像極了另外一個不相干的自己——二十歲的自己——誤打誤撞闖入那個碎琉璃的瀲灩世界，遇見那一刻面目模糊、實則目光炯亮的小說家，從離開咖啡店那刻起，我的心緒在轉彎的山路路口一下一下感到被光痕灼痛的熾熱，我感到有什麼在我體內「像要衝出來那樣」……

（究竟什麼是小說與故事的分別？）

（怎樣才算一篇「好的」小說？）

（小說要怎麼寫？）

（爲什麼，爲什麼又退我的稿？）

那些所有的困惑、憤怒以及傷懷，我以爲可以在往後的日子獲得更理解與更明確的答案，卻發現世界僅僅是一只透明的保特瓶，物質性的變形與堅韌橫阻在眼前，所有的答案皆失去原本清晰的面貌，而我像一名走失的小孩，拚命拍打著無法被擊破的塑膠瓶，兀自大嚷——

「如果那時（在陽明山）多用功些就好了。」那個「那時」，就是您現在的年紀……寫小說要焚盡更全面的專注和生命力，簡直像竭澤而漁（把全部的生命浮士德式交易給小說了）。

——駱渣，二〇〇二・十二・十八

無效問句。

這一刻，時光被拉得那麼那麼長，宛如麥芽糖的黏膩與不透明，我聽見我父親反覆說起那些從前的「如果不是這樣」、「如果不是那樣」，我同樣思索著小說家略帶沙啞且變得遲緩的嗓音，像他筆下永遠蒼白而羞赧的「哀人」——現實是一名馱在肩上的小孩，開始不覺得疼，突然整個人就趴在地上——那些生活的摧擊與未必賦予報償的「這條路」，路的前方有倒映的黑影，黑影長出尖銳的角蹄，不知從哪裡鑽出來的幼獸哀鳴，ㄇ一せㄇ一せㄇ一せㄇ一せ。

我忍不住對著黑影說：我要出書了啊！

「那又怎麼樣呢？」黑影大叫，腳尖在地面預備著一個衝撞的姿勢。

越來越碩大的墨黑襲湧過來！遠方有張牙舞爪的噴火龍越過城堡上空！天際低垂著黑與白的笑意，風箏失速翻滾，有人掙扎著向前奔跑、尖叫，雷聲劈進地表，四面響起灰色的吶喊——

我驚醒過來，坐在床沿，反問自己究竟怎麼了，追求什麼？害怕什麼？失去什麼？二十歲時，從沒有想過三十歲會是這個樣子：困惑、困惑、困惑——那時候，以爲小說應是如何如何、文學該怎麼怎麼，而今看來，似乎也沒有什麼非得堅持的理由，心中那份信念變得模模糊糊，甚至羨慕起那些美美的愛、好笑的BBS、離奇的MSN，另外加上一點點嫉妒和圖書館！

「如果，當初不是這樣的話……」

「如果……」

我知道，這一刻所有的問句都將無效——並非沒有答案，而是年歲的流轉遞嬗使得一切更加不確定，也更不具唯一的指涉——那彷佛迢遙鋪展的筆直公路，海風獵獵，人影奔跑其上，無論跑了多遠，終究不知盡頭爲何……

於是，我不由得想起了小說家長久以來對我說過的那些：那些親愛的、體己的或抱怨或傷感的私語——我仍惦記著那一席「流談四射」的男性與男性間賭氣式的對決約定（儘管我的信心竟日益漏逝），並且想在此時附耳於小說家，低喃：在即將重新詮釋「偉大」的時刻，請容我拋出這一本「少作」權充試金，我深切明白其中必然具備的許多失敗、遲疑、渾沌，但請再給我一點時間（這「一點」時間究竟是多長呢）——我這麼告訴自己：

屆時我將緊握那一把電光劍，我將砍劈那些縈繞心頭多年的困惑，並且微笑地對您說——

——二〇〇五年八月十七日寫於台北永和

每日。食

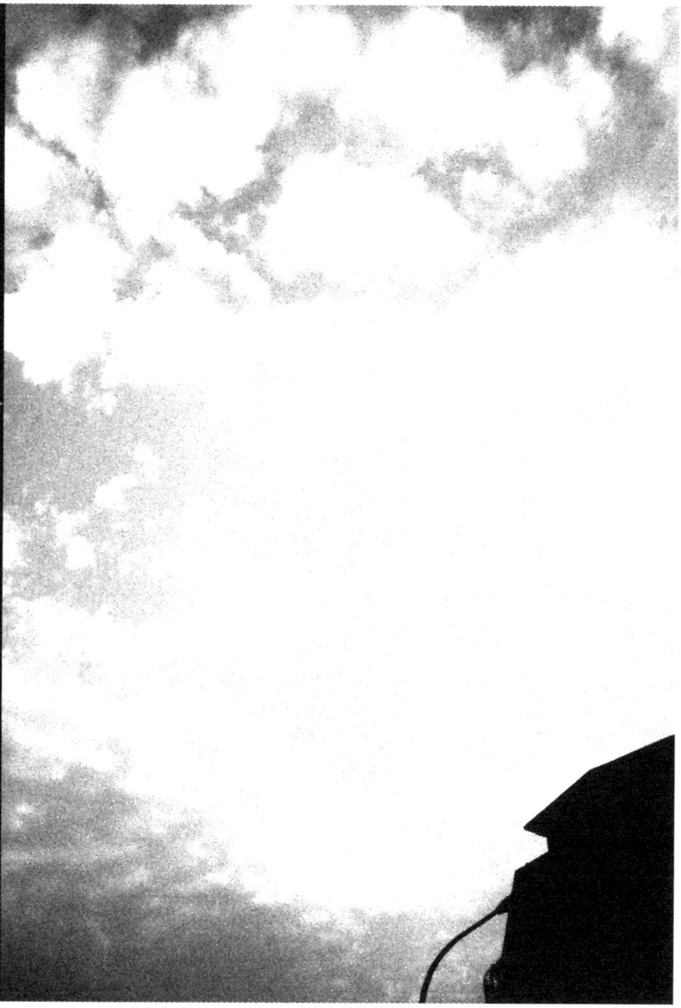

0．在拍攝的現場（一）

「所以說，湛先生，您對家——對不起，家對您的意義是愛與歡樂，對不對？」

「哦——」

「好的好的，那您希望房子被翻修成什麼樣子呢？」

「哦——」

「わかりました（我知道了）！」

「妮可，想好了嗎？小林，都聽見了嗎？蘇姍呢？」

「よし（好）！史上最強『住宅翻修王』競賽，限期一個禮拜，衝啊！」

1．大兒子

恍恍惚惚的鏡頭固定下來，黑色沉降在他黑色的眼珠底，空氣乾燥，他舔舔唇，彷彿吃進薄荷辛涼，辛涼的氣息嗡嗡嗡從空調傳送過來，有意無意跳過他的喉結，連帶四周也變得冷冽起來。

綠色。墨綠色。黑色。褐色。爬滿檯燈的植物莖葉紛繁糾纏，張牙舞爪的姿態很有獸的意味，透過依稀的光照，他可以看見它們窸窣的生長，嫩青的芽根一抖一抖，絨毛輕輕刮刺。

「你怎麼還不睡？」女孩半耷著眼，裸裎的肩膀白皙而略帶透明的質感，腳趾乾淨地懸在床鋪之外。

他沒有作聲，繼續聞著那些植物。黑闇中格外熟悉的味道。像小時候旅途中經常嚼食的口香糖，總是在行車顛晃的暈眩裡，一面嚼著失去彈性的清涼，一面聽見他母親哄慰：快到外婆家了喲，乖，再忍耐一下——以致日後他經常將這類氣味與嘔吐之間固執地聯想在一起。

「老實說，你是不是在想——」女孩笑，隨即被他推倒，聲音叫著，指甲抓搔皮膚沙沙沙沙、沙沙沙沙，一如空氣被尖銳劃開，舒緩的，暴烈的，他弓著身，光袒而鬆弛的大腿是無力的情緒象徵。

「要喝酒嗎？」

「聽周杰倫好不好？」

「藤井樹那本《B棟11樓》你看完了沒啊？」

女孩從身後勾住他的脖子，熱情的心跳牢牢貼附，奇怪的是他卻湧起一陣寒意！

今天一切都不對！

他兀自低喃，第一次摩挲她的乳房、腰，隔著陰暗的視線，她的上半身如此纖瘦，腹肚以下竟肥胖到一個不成比例的姿態！

他驚愕著，想起妻，三十八歲的妻，依舊充滿彈性的身體，有幾次甚至大膽地把腳擱在他的肩頭，眼角全是溫柔的笑意——會輸給女孩嗎？

他不明白，只覺得女孩肥軟的肌理有別於妻的精實，一種特殊的美感延展開來，碩壯的大腿飽含母性隱喻。

「有什麼好笑的！」女孩狠狠往他肚皮擰去，一陣痛楚的刺激衝上他的心口，他又翻過身去緊緊箍住她的腰，忍不住用力揉捏那豐滿的臀部，爲自己的無恥感到不可思議。

怎麼會是她呢？

來不及細想，那股淡淡淡淡的辛涼始終冷冽包覆，像雪，薄薄的銀花，他不經意聞到女孩頭後逸散的一股薄荷味，沒有摻雜半點肉的氣息，宛如他正擁抱著一株綠色植物。

他突然頭暈起來，想吐。

0．在拍攝的現場（二）

「怎麼一回事呢？怎麼樣——沒問題吧？」

「哦——」

「在破壞啊！湛先生，看哪，在破壞那些牆壁啊！」

2．小女兒

漸漸漸漸漸漸感到腳掌的濕濡，不是寒涼，也不是熱，純粹的體液流過大腿內側、膝蓋，一條一條扭捏的光澤任意蜿蜒，很具生命力的情調。

靠近洗手檯下方的排水孔咕隆咕隆，空間裡生出一隻喉嚨，正直的不帶感情，也不過就是一隻喉嚨。

多麼難以啓齒：尿！

不斷自胯下流淌的黃漬。從浴缸邊緣至腳踝，她凝視著這一幕不規則的奔移：男人、百合花、加菲貓……她舉起腳趾隨意在尿液上畫著、勾著，酸與甜的潮濕鑽進鼻息——她甚至想抽菸，最好是早幾年的天堂鳥，一點點粗劣加上一點點俗氣，像小太妹的那種調調。

有什麼不可以呢？

就連在浴室裡也不自由，一個人獨處的時候也無法完全放鬆，總覺得四壁張開一隻隻窺探的眼睛！脫掉底褲、擦拭馬桶蓋、坐好——而今天，她厭倦極了，望著鏡中開始塌陷的眼、頭髮，再無法高聳的鼻子，身後那堵牆上的黑影始終存在，她突然放掉力氣，嘩地站著尿了出來！

欸，妳還沒洗好啊？

已經過了半小時了耶。

控制一下時間好不好？待會要回妳家吃飯！

丈夫從浴室外頭鏗鏘鏗鏘地扭動門把，她不由得吃了一驚。

時間要記得控制一下欸。

妳看電視了嗎？爸爸今天上電視了唷！

丈夫又試著扭動門把，金屬性的光澤一明一滅。

上鎖了。

生鏽的門鎖在她視線裡縮小，她放心地又開雙腿，全心全意領受突如其來的刺癢，近乎動物性刮搔的絨毛順著她的腿脛、鼠蹊、恥毛，然後腹肚——看哪，她很想大叫：

我在尿尿啊！我站著尿尿啊！

門把的扭動聲倏忽中止，她下意識地並起腳來，門外有綜藝節目的笑聲。

為什麼會突然產生這樣放縱的念頭？

下午時分，父親打電話來，說是家裡真正要拆掉了啊，「只剩下骨身哩，不輸在脫褲——」最後一個不雅的字眼被吞回去了，父親呵呵笑著說：「那個主持人阿亮有沒有？伊講到時陣，咱厝裡會整理得水噹噹，恁回來就不必煩惱沒所在可住嘍！」

「還有啊，恁媽媽在講，找一天大家作夥呷飯，妳和妳大姊嘛很久——」

爸爸。

那時候，她和她哥哥坐在一家飯店附設的咖啡廳裡，平滑的木質地板有寂寥的乾淨。時間是禮拜一下午，就連侍者也散發出一種疲倦的氣息，皺癟的袖口露出骯髒的微笑。她一面講電話一面瞟向女孩——二十來歲——一隻手不經意地捏著她哥哥的後頸，像小貓玩弄毛線般好奇。

「欸，我的研究助理，」她哥哥壓低嗓音：「我好像愛上她了啊？」

她嗆咳著，一口氣險些喘不過來，她父親在電話那頭嚇了一跳：「啊妳是歡喜過頭喲？」

「我也不知道為什麼會這樣？」她哥哥皺著眉：「現在的女孩子唷，實在是——ㄟ，實在是——」

「恁一定會中意的啦！」她父親說：「暗時回來呷飯好否？我跟建仔講過了，啊？」

她父親又問：「啊妳有妳哥哥的電話沒有？」

「妳千萬不要告訴任何人！」她哥哥把菸點亮：「尤其是妳大嫂……這陣子，我其實很痛苦……」

女孩露出潔白的虎牙，短小的下巴抵住哥哥鬆垮的手臂，中年人的細紋頹軟而粗糙，但女孩不在意，緊緊把臉貼著，很享受的眉目——不算美，也不是醜——她揣想著，她哥哥貪戀的會不會就是那張紅嫩的嘴？

是啊，有誰能夠抵抗青春呢？

欸，快六點半了，妳到底洗好了沒啊？

快一點好不好，我好餓！

「你們，眞的相愛嗎？」

離開咖啡廳時，她看見她哥哥依舊無精打采坐在沙發椅上，眼神飄遠地朝她揮揮手，身旁的那個女孩已經不見了——她甚至無法確定，女孩是否曾經存在過？

一整個下午，她懷著一樁沉重的心事，恍恍惚惚的心緒敲擊著太陽穴，像喧鬧的交響樂。

她站在廣大的十字路口前，紅燈開始進行倒數，手機突然響起，但她並沒有立刻打開它。

0．在拍攝的現場（三）

「這樣真的可以嗎？這樣外觀會變得很前衛啊！」

「哦——」

「所以說，妳是打算把陽台弄成像太空艙的樣子，是嗎？」

「哦——」

「這就是妳說過的，要把住宅原有的材質重新摧毀，改造成既溫馨又童趣的，家的概念嗎？」

3．父親

●導演，這樣可以開始拍了沒？

●ＯＫ、ＯＫ，大家好，我姓湛，就是三點水那個湛——要怎麼說咧？反正ㄏㄡˋ，聽說這個姓是從大陸江西那邊過來的客家姓啦！啊不過，我是大漢以後才去做人家的養子，所以客語不太輪轉，會聽不會講欸。

●我自細漢做過很多事情喲：板模、泥水匠、煮飯、賣豬肉──嘛有做過流氓──之前在台北城做「大事業」，就是那個……嘿嘿嘿……粉味的有沒有？欸，不要看不起ㄋㄟ！那個時陣，外交部長還透過朋友找我幫忙，說是「接待外賓」咧，嘿嘿嘿。現在喔，景氣壞，收掉了啦，在鄉下種單薄開運竹……

●歹勢歹勢，我講快一點、短一點！

●這是我太太阿春啦，這個是我大漢後生，再過來這是我第一個查某囡、另外這是第二個，還有阮細漢後生──第二個後生有事情，沒法度趕回來啦。

●第三個見笑囉，說什麼去和人家在市場賣沙西米？不要提這，來，這阮大漢查某囡，厝裡有貓有狗出毛病，都可以找她，開獸醫院眞正賺錢！阮細漢查某囡是醫生啦──醫那個神精病有沒有？啥，是心理疾病喔？不要生氣啦，爸爸沒讀過冊ㄇ一せ。

●沒法度啊，那時陣厝裡實在窮，阮大漢後生跟我說：「阿爸，我肚子餓！」沒法度啊，那時陣哪有什麼東西可以給他呷？我就對他說：「阿成乖，咱喝水，有水可以喝，『不要餓』……」

●是的，我們希望可以透過這次的住宅翻修，讓我爸媽，還有我們幾個孩子擁有更美好的居住品質，也讓我們一家人的情感更密切！從漢字象形來看，「家」在倉頡造字裡，其實就是「即使只剩下一條豬，也要讓豬住在屋簷下」的意思，也就是人和物一視同仁的看待！

●這是阮大漢後生啦。博士啦。嘿嘿嘿。

4．小兒子

第一刀劃下去的瞬剎，他就覺得不對。

有點歪，有點深，紅豔的淋漓一點一滴纏住薄利的刀，像濃密的麥芽糖，不是金黃的顏色，黏膩的血光傾斜地垂掛在砧板上。

如果砧板也算一塊畫布，那他第一筆就毀了構圖。

他又深吸口氣，握穩刀，另外一隻手擱在魚肚下，滑濕的鱗片刮刺著他的掌肉，彷彿魚的體內生出一隻小獸，又深又淺地囓咬——他險些又劃歪了刀。

「老闆、老闆，那我們什麼時候再出海嘛？」

黑色的魚的眼睛看起來異常絕望，直直盯著上方。鰓肉割開之後，內臟一股腦被拉出，剁下魚頭、魚尾也斬去，突然被架空的魚身恐怖舉起，露出倒三角形的斷頭缺口！

他告訴女孩：燙魚皮囉。

「到底什麼時候再出海去嘛？」女孩仍不死心。

「什麼時候有什麼關係嗎？」他反問：「先去買幾罐啤酒來喝比較實在！」

「錢呢？你給我錢啊？」女孩罵著，悻悻然離開。

他忍不住偷瞄她白皙的大腿，逆光的赭紅色短褲一上一下，有力的腿脛露出粉紅色的光澤，一如刀下粉紅色的魚身。

他把那條淋過熱水的魚隻放入冰水裡，把保麗龍板蓋上，揣度著稍晚將有彈性十足的魚皮可吃。

川燙魚皮——這是師傅的獨門祕方，當年在阿留申群島，師傅酒氣衝天，刀起刀落，一塊剔透的魚肉已經端到眼前——刀上沒半點血腥！船外的風浪少說有三層樓，他想說回不去台灣了，不如死前吃個痛快吧。

豈知師傅見狀罵了起來，食少有滋味！

結果呢？

「拿去了啦！」女孩把幾罐啤酒摔在砧板上，沒好氣地：「一天喝那麼多，再喝去當水鬼好了！」

小朋友生氣囉。他捧出一塊鮭魚，白與橘黃的顏色像新鮮的果凍，加上一點點蘿蔔絲與芥末，那種入口即化的滋味——但今天真的不對，居然連柔軟的魚皮也割不斷！

他惱怒著，一使力，刀柄喀啦裂開來，尖利的木屑刺進他的指腹！

啊，女孩急忙追問他是否受傷？

他笑笑地，開始收拾攤子。

「不做啦？」女孩嚷起來。

他想起當年用力拍著胸脯的師傅：「小湛，別怕！我會帶你回去！」

回去哪裡？

不正是因爲家在海上，注定一生的漂泊嗎？

那些沉入最深最藍的海域，看見發光的魚群悠游而過，珊瑚吐出剔透的氣泡——一隻隻眼睛盯著他，他母親的、他父親的、她哥哥姊姊的——離開家的前一天，他父親甚至咆哮著：

「沒你這款沒出息的後生！」

他把燈熄掉，像熄掉船上的明亮，大塊性的流質光澤倏忽湧上他的四周！沒有張嘴吐氣的魚群，也沒有暴風雨的摧襲，他抱膝曲身，有一瞬間如吮指的小孩，掌心發出近乎捕蚊器的淡藍色冷光——

「我們到底什麼時候再出海嘛？」

他還是沒有說話。

「喂——」

女孩低下身來看著他的臉。

「你怎麼哭了？」

他哭得更厲害了。

5．父親

（1）全家一起坐下來好好吃一頓飯，是我現在最大的願望。

●歹勢，又說錯了。

（2）全家一起坐下來好好吃一頓飯，是我對家最讚的看法。

●歹勢，歹勢，再一次好麼？導演，歹勢。

（3）全家一起坐下來好好吃一頓飯，是一個家最大的幸福。

0．在拍攝的現場（四）

「啊啊啊，小心啊！」

「哦——」

「還是不行嗎？這個超大的檜木浴桶，是這個家最重要的象徵吧？」

（咦，那怎麼辦呢）

「哦——」

「因為缺乏與泥水匠的溝通，才會出現施工上的嚴重誤差！小林選手究竟該怎麼化解這場危機呢？」

6．母親

在夢中，他看見他母親身體光裸，隔著遙遠的光照，白皙的皮膚看來更加蒼白的——他甚至發現皮膚底層微微透明的血脈。

那時候，浴室牆上的水珠還沒有完全乾，碎花地磚留下大片黏膩，極薄極薄的熱氣緩緩沉降，平靜的浴缸表層覆蓋了破碎的皮膚屑與肥皂。

他將他母親放入水中時，可以感覺到生靈輕輕囓咬般的緊張，滿室光影與聲音爭相奔撞，突然湧上的鮮紅如竄升的一隻隻掌指，握緊，放開——

「又失敗了！」他想起白天的那條魚，不知道待會是否要拿熱水來？

他驚愕著自己這一刻竟如此冷靜，一味思索著該如何將他母親「處理乾淨」？

（所以說，她的內臟早在那之前就被一股腦拉出來了嗎？）

「媽媽……」他輕輕搖晃著他母親的手臂。

他母親突然張開圓碩的眼睛盯住他。

在另外一個夢境裡，他們一家人一如往常地沉默吃飯，身旁卻不斷出現來來去去的人影，一種來自游泳池的氯氣異常凝重。

似乎是再也無法忍受這樣無聲的晚餐，他母親摔了碗筷，站起身來朝客廳走去。

這時候，所有人全轉向他們這邊，有幾個甚至緊貼在玻璃窗上那樣地，眼耳口鼻皆被壓扁擴大，一張黑洞洞的嘴巴如章魚黑色的吸盤——這一刻，他才發現他們家，居然已經成為一棟透明的建築！建築外全是好奇的人群！

只有她的夢境最正常，在夢裡，他們照例在狹仄的廚房裡吃飯，而她哥哥始終沒有回來，空盪盪的餐桌前擺放了整齊的碗筷，像破了一個洞的深淵，吸納著他父母憂鬱的眼神。

團圓夜耶。

她幾乎可以聽見她母親這麼喟嘆著，嘴角的皺紋如展翅的鷹，額頭手臂皆浮現一點一點的褐斑！皺癟的頸部怎麼看都是上了年紀的老人氣質了！

（然而在她的印象中，她父母親今年「似乎」也才不過五十五歲？）

然後，電話響起來，她趕在她父母之前把電話接起：「喂？」

對方先是一陣冗長的沉默，沙沙沙沙的空寂彷彿海邊迴盪的寒意，她又說了幾聲：「找哪位？」

對方依舊沒有出聲。

她忍不住尖叫起來：「哥！哥！是你是不是？啊你是在哪裡啦？媽問你怎麼還不回來吃飯咧？」

「哥？」

「哥！」

然後，隔了極長極長的無聲無息，她聽見電話那頭顫抖地說：

「我好冷……我好怕黑……我……」

7. 晚餐

她聽見窸窸窣窣持續的囓咬，不是人的口腔咀嚼，而是近乎動物性爪掌的刺穿，尖銳的、陰闇的，彷彿金屬刮磨大理石地磚的驚悚，彷彿心頭的一塊肉被一小口一小口扒開，吱吱吱，吱吱吱吱。

今天的空心菜有點老ㄏㄡˋ？

怎麼會這麼貴啊？一斤二十塊！

颱風天啊。

啊你們怎麼都沒呷菜？阿成、家惠——挾啊，平常在外面哪有這麼新鮮的魚可呷？

總是聽見那樣細微的，不知道是地磚抑或體內臟器輕輕剝離的碎裂。他們安靜地坐在侷促的餐桌前，光度不足的暖熱空間有潮濕的氣味，夏天還沒過完，他們的眉心全掛著晶晶亮亮的汗水。

「這款天氣喔，」他父親嚷：「實在是——咱的厝不知何時會弄好哩？」

「不是說好一個禮拜嗎？」她丈夫咬下一口獅子頭說。

「啊知？講是這樣講啦，現在住在這個所在，成日燒烘烘欸……」

「不過也不錯啦，爸爸，你上電視有好看哩！」她丈夫目笑嘴笑，露出的牙齒沾黏著綠色的菜渣。

她感到一陣厭煩。

所謂世俗的煩瑣——煩瑣的生活，交談，食、衣、住、行——生活何其困難？她深切明白這層道理，卻不免心生氣悶。一如現在對坐著吃飯，彼此不說話，偏偏汗流個不停，依舊可以感受到沉默以外的忙碌氣味，但也不過就是單純的生理活動罷了。

「嗯，家惠，在想啥？」她母親舀了一匙開陽白菜到她碗裡：「怎麼都沒呷飯？妳喔——」

她抬起頭來，看見她哥哥正笑著為她大嫂挾菜，眼角小心翼翼地斜睖：「有一次啊，學生問我說：『老師，昨天走在你身旁的那個女生是不是你妹妹啊？』——哇，你們看，我和美娟的年紀有差這麼多嗎？」

一家人全笑得合不攏嘴，她父親更是興奮地敲著桌子：「哇靠——又不是『亂倫』說！」模模糊糊的畫面在她眼前來回擺盪，她似乎可以看見那個依偎在她哥哥身旁的年輕女孩，潔亮的虎牙濕濡地咬含著一隻男人的手臂，眼底充滿盈盈的笑意。

「沒有辦法啊，愛上了！」她哥哥低聲說，肩頭以下血淋淋地淌著大塊顏色，白襯衫上開出一朵罌粟花。

「現在的年輕人喔——」說也奇怪，她哥哥的手明明被撕裂了，卻笑得異常燦爛，另外一隻手平行張開，像一隻準備迎風展翅的飛禽。

她、她大哥、大嫂，她父親、母親——照例又有空洞的座位懸在他們面前，使得一張餐桌像缺了一只牙齒的嘴巴，黑洞洞的陰鬱裡有她父親黑色的眼睛。從眼瞳望出去，他們灰淡的面目刻正不斷衰頹，鬆垮的皺紋一條一條爬動，像蚯蚓，垂掛在抽油煙機上，成爲僵硬而發黃的油漬。

因爲是暫時的住所，更顯出他們置身在陌生的國度裡，然而奇異的是，鍋爐卻升起一股熟悉的家的氣味。

她不由得看著她丈夫，他們其實早就走入寡味的感情了——更接近家人的層次——而她大哥和她大嫂呢？還有她母親和她父親？她突然非常非常懷念缺席的大姊、二哥以及小弟……

……在別人的目光中，他們究竟是一個怎樣的家庭呢？

「欸，老實講，我一直在想，咱一家人什麼時陣可以全部到位，大家作夥呷個晚餐？」她父親說著說著，突然激動起來：「過去不是這樣的嘛！」

「最後怎麼會變成這樣呢？」

0．在拍攝的現場（五）

「怎麼會變成這樣呢？」

（咦）

「下雨啊，在雨天中趕進度哪。」

「哦——」

「沒問題嗎?木板的接合不會受到影響嗎?」

「哦——」

「真的是拚命哇!真的是愛拚才會贏啊。」

8．小女兒

天花板一層一層沁涼上去的蒼白——不完全白，還有灰的黑的模糊的影子，漆闇裡恍恍惚惚透出其中的一點光亮，不知道是一雙監視的眼睛，抑或山中亂闖亂撞的手電筒?

丈夫在她耳邊低喃，喘息的溫熱夾雜了濃濃的薄荷味。

辛涼的氣體一下子衝到她臉上來，彷彿不斷注滿的流水，她甚至聞到辛涼以外的食物與臟器腥臊——今晚他肯定吃了大蒜，也許吃了不少?

她還記得他誇張地笑著對全家人說:「反正嘛，現在老夫老妻，好久都不接吻了啊!」怎麼會?兩個人在一起才多久，感情說老就老，就連肉體的激情也一併迅速消退?

她詫異著，腦海中又浮現她哥哥在咖啡館裡說過的話:「我好像愛上她了欸。」——好像，是意味著對感情的不確定嗎?或者對於女孩的，對婚姻不忠的困惑?

粗厚的掌心又滑過她的胸口了，舌頭在背後又濕又重地舔著，像雨天陰鬱的水氣，一種不乾淨的黏膩甩也甩不掉。她閉起眼來，團團烏雲纏住她、跟著她，大片大片的雨水落到頭上來！

她拚命揮著手，發覺腳下居然蹬不到地，世界變成一片海域，而她下一刻即將滅頂！

「怎麼會這樣呢？」她問。

「醫生，我的病情好像變得越來越嚴重了……」坐在對面的男孩說：「我……我好像愛上妳了！」

又是好像！

隱隱約約中，她似乎聽到男孩顫抖地說：「眞的——我，愛，妳！」

不是第一次面對這樣的諮詢對象——心理醫師與病人——愛那麼容易說出口，能夠察覺這就是愛，這不是愛嗎？

「是眞的，醫生！」男孩直直望著她，診間裡有剛粉刷的油漆味，近乎保鮮膜撕開來的冷冽尖刺著她。

「從第一眼，第一眼就愛上妳了！」男孩又說。

「我真的好愛好愛妳！」

她睜開眼，看見丈夫一張浮在眼前的臉，巨大而厚重的，依稀光線裡可以分辨出油膩的肌膚！呼出的薄荷味已經變得腥臭了，從她仰躺的角度望上去，噘唇擠眉的表情彷彿一副捏壞的面具！

「沒有辦法啊，愛上了啊！」她似乎清楚聽見她哥哥還在那裡感嘆著：「現在的女孩子喲……」

她想起小學的一天，她哥哥牽著她走到巷口買零食（那時候，她哥哥已經是國中生了）。當他們走到巷口時，她哥哥突然生出一個心眼：如果跑到更遠一點的雜貨店，會不會比較便宜一點呢？

於是他們開始沿著小路走出去，越走越遠，越走越看不見房子，兩旁淡下去的景色空無一人，她有些害怕，緊緊拽著她哥哥的袖口。

當他們踩到幾枚羊大便時，她看見有幾隻黑色的山羊在草地上咩咩叫，一名老人朝他們用力招手喊：「阿弟、小妹！啊恁是要去叼位呐？」

她很想問問老人：最近的一間雜貨店怎麼走？

結果老人居然告訴他們：「我嘛不知道路！我走著走著，路丟失了！恁倆個好心帶我轉去厝裡好否？」

她和她哥哥很快地跑開，穿越藤蔓叢生的泥濘，一直跑一直跑，似乎永遠跑不完地，直到看見那一棟像是雜貨店的房子，他們走進去，四壁嵌滿的鏡子映出她哥哥和她的模樣，然後，他們尖叫起來——

「怎麼了？」丈夫問，臉上一層晶瑩的汗。

沒什麼，她疲倦地說，腦海中的影像依舊轉個不停。

「妳今天，好奇怪……」

睡了吧。她低聲地說。

黑暗裡，扔在床頭櫃上的手機螢幕一明一滅，裡面的訊息寫著：我後悔了！另一則寫著：**沒想到我們都變得好老好老喔！**

是啊，她舉起手來摸摸自己的臉，乾燥，一凹一凸——三十五歲！真正走入生活的核心了！從前的理想彷彿一場夢，在迢遙的夢中，她聽見從前的情人對她說：

我後悔了！我突然不想和她結婚了……

從前的親愛呵。

9．大嫂

「我不是不知道……」

「但我好像無能為力。」

「我覺得自己好像心力交瘁了。」

「我相信有一天，他會醒過來，回到我身邊的！」

10．大兒子

往往坐在床沿抓搔著自己的胯下，濕涼的感覺還沒有完全散去，恍恍惚惚的陰冷立即爬上他微黑的臀溝。

他忍不住一陣哆嗦，光裸的臂膀生出一顆顆疙瘩，像剛沖完澡的刺癢，他覺得冷。恥骨以下被溫熱緊緊包覆。私密的雄性隱隱作痛。漸漸恢復知覺的腳趾。灰色，白色，綠色，檯燈前的植物莖葉明顯變得稀少了，零散的葉片跌落《B棟11樓》封面，芽根有泛黃的褐斑，幾隻小蟲被他嚇飛起來。

「欸，妳把薄荷修剪了是不是?」他問。

沒有回音，均勻的呼吸聲催眠著夜，月光滑過他的指尖，臉。

他越來越能夠分辨這黑闇中，小小的房間裡的每一件擺設，包括女孩的睡姿——白皙的大腿照例懸在床鋪之外，圓潤的臀部可以想像柔軟的弧度，一條薄被遮住她白色的裸體。

他揭開窗帘，閃閃爍爍的霓虹燈是夜的彩色眼珠，低矮下去的房舍突然高拔起來，一棟劍一樣造型的大樓昂揚挺立，劍尖的藍光不安地眨著眨著。一對男女在路燈下並肩走動，走了一會停下腳步，擁抱，又走了一會，擁抱，然後分開。女人一面走一面回頭牢牢盯著男人。

是偷情嗎？

一隻貓走過窗前，紅色的眼睛閃著紅色的光，他不由得一驚。

情況似乎失控了！連他也感到意外！更意外的是他不由自主地被一股力量拉扯著，一直一直陷落下去的興奮感！而他不知該如何面對妻的眼神，以及課堂上反覆辯證的「兩性關係」？

這是嚴重的背叛啊。

他自責著，又抓抓自己的胯下，黑茸的毛髮在掌心底粗糙摩挲，其中攙雜的幾絲星白像一支支針，全部猛力刺進他的心室裡，傳來噗突噗突「老了」的聲響。

他憂畏著，不甘心地想要挽留些什麼，抓著摸著，欲望逐漸攀升。女孩肥軟的腰肚橫在面前，一張一縮、一縮一張，彷彿雨天潮濕的腳步唧唧喳喳，他的耳膜裡鑽進唧唧喳喳的女孩輕哼。

「今天研究室忙嗎？」

妻的質問使他心頭一跳！

他想起當初追求妻的時候，如何百般不被看好——妻的父親是鎮上有名的醫師，不僅出任全縣醫師公會理事長，據說和總統府那邊也有密切來往，而他們家——他不知道怎麼啓口告訴妻，他父親其實是個浪蕩子！而他母親，這輩子也就跟著這麼報銷了！

每每想到這裡，他不免一陣心酸，連帶他的上進、他的奮發，都成了極爲遙遠的身外事。然而在那之外仍是他的家，即使蒙上一層黯敗的顏色也還是他的家人。他們睜睜地看著他，使得整個世界充滿了曚曖的水氣，像一面鏡子，他永遠看不清自己淩擾的模樣。

和妻在一起的時候，更加深了他這類哀傷的想法。

有一次，和妻回家吃飯，踩在陳舊的木質地板上，空無一人的甬道飽含了一種生靈的陰鬱氣息。他叫嚷幾聲，始終不見他父親和他母親回應，窸窸窣窣的動物性低喘從他曾經生活的閣樓鑽出來，一陣一陣，像竊竊移動的腳步聲。

他不由得和妻走上樓，空氣中的薄荷辛涼一如往昔，獸一樣在他腳邊亂嗅亂蹭。細碎的壁磚依舊有細碎的剝離，色彩很古老了，一個古老的馬賽克印象令他模模糊糊地想起他如何揮汗苦讀、如何獲得了現在的學術地位——但他的家還是原本那個家，暗、窄、髒，一切未嘗改變的無光生活。

這時候，妻從身後緊緊抱住他。

風穿過半開的窗戶，吹動啪啪飛動的日曆，吹起滿室燥熱。他懷著小心翼翼的心情，推開門，看見他父親正歪著頭，緊緊趴附在一名女人背上，他們的頭髮凌亂如蛇，潮濕的汗水爬過光裸的臂膀，他父親的臀部居然如此乾癟！

那株不知什麼時候擺在窗口的綠色植物，匡啷一聲摔個粉碎，濃烈的薄荷味又讓他想起小時候的車程，他母親說：「再忍耐一下，外婆家就快到了喔！」而他父親則笑著：「羞羞臉，長這麼大了還會暈車啊？」

然後，他猛烈地吐了起來。

11．二兒子

「我的家庭真可愛，整潔美滿又安康，姊妹兄弟很和氣，父母都慈祥……」

「對不起，對不起，太久沒唱這首歌了，下面的歌詞全忘掉了。」

0．在拍攝的現場（六）

「湛先生在畫些什麼呢？」

「哦──」

「一家人去野柳玩啊。」

（真的是野柳嗎）

「哦──」

「可是看起來不像女王頭耶？而且，這個──這個是家惠嗎？怎麼看起來不太高興啊。」

「哦──」

「請發表畫作主題！」

「愛的環島旅行！」

12．少年

爲什麼仍舊可以聽見尖叫聲？

他拚命跑著，腳板有刺扎的疼痛，拖鞋肯定掉在哪個地方了！

月娘懸在眼前，光線太微弱，還是放棄尋找的念頭。

血。冰涼的感覺，彷彿有一張嘴吸著、咬著，一口一口的濕潤滑過他的手肘，全在風裡吶喊：

爲什麼不愛我呢？

爲什麼總是背叛？

爲什麼愛這麼難？

爲什麼爲什麼爲什麼爲什麼爲什麼爲什麼！

他回想起那些林林總總的過去，板模工、泥水匠、總鋪師——

沒力氣了，他的雙腳開始發抖，月光變得模糊起來。潮水一般的模糊在他眼前劇烈搖盪著，世界也像一只劇烈搖晃的水瓶。

（咿嗚咿嗚）

是警車嗎？

還是其他人？

黑暗在眼前不斷不斷形成。

心上的那個空洞破得那麼徹底。嗚嗚嗚嗚。嗚嗚嗚嗚。像哭。

深切地以爲不再分離，手牽著手就是幸福。

爲什麼還是要說謊呢？

不是說好兩人一命的嗎？

來不及了！

他轉過街角，躲進一條堆滿雜物的防火巷，腳步微微一顫。

噓。噓。噓。

屋簷上的花貓露出尖銳的眼神，他作勢驅趕。

「茶茶，進來吃飯了啊！」

「茶茶？」

花貓回過頭去喵叫一聲。

他踮起腳尖來，看見屋內柔和的光——父親、母親、兒子、女兒，嘴角有飯粒的晶瑩。

陣陣飽足的氤氳蒙上抽油煙機前的玻璃窗，曖曖的氣息彷彿飯後吐出的一口煙花。

「不要挑食，快吃！」

「多吃一點才會長大！」

「啊爸爸，你不是說你要減肥？怎麼吃那麼多！」

這不正是他夢想的未來生活嗎？

不正是他一直努力追求的家庭嗎？

（咿嗚咿嗚）

他又想起她的臉來了，乾淨的，不帶任何欲望的，面目卻是那樣可憎！

還有他，頭頂微禿，鏡框居然還是蜘蛛人的誇張造型！

他摸摸肘彎、指尖，血凝固後產生不確定的抓搔感。

他感到害怕。

爲什麼他的人生是這個樣子？

爲什麼事情到後來都會變得和當初不太一樣？

（咿嗚咿嗚）

爲什麼？

13．大女兒

「貓的飯量很少，很固定。」

「貓是優雅的動物嘛。」

「可是不知道為什麼耶，手術之後，牠的神經好像被切斷了還是怎樣，變得好愛吃喔。」

「你看！這麼大的肚子！」

「原本不是這個樣子的嘛……」

「所以說，我就是很怕回家吃飯，每次我爸和我媽都好像在餵豬一樣——」

「我很怕有一天，我也會變成大肚子。」

0．在拍攝的現場（七）

「是的是的，請大家再站過來一點！」

「哦——」

「哇！真的好漂亮啊，湛先生覺得怎麼樣呢？」

「哦——」

「湛先生——哭了啊！太感動了嗎？來來來，我們請小女兒說句話。」

14．晚餐

家惠，吃啊！

家恩，妳很久沒回來了，多吃一點啊。

今天的高麗菜有點老ㄏㄡˋ？

這麼貴？我們那邊一斤才十二塊！

颱風天冂一せ。

啊你們怎麼都沒呷？家惠，挾啊，家豪——平常在外面都是呷自助餐嘛——這是恁弟弟從外海帶回來的刺身咧，不是人工飼欸。

她聽見窸窸窣窣持續的囓咬，有人笑著，似乎是她二哥低沉的嗓音，還有大姊——只有小弟一如往常安靜地扒飯，幾度忍不住站起身來幫母親煎魚。

他們照例坐在狹小的餐桌前吃飯，原本以爲不再出現空缺，但她哥哥和她大嫂的位子黑魆魆地，像一雙深色的眼睛。

因爲這個緣故，她一直覺得無形的黑闇籠罩著他們，使得她額上的汗水流到眼眶裡，而她努力不讓它流出來——整個餐桌上充滿歡笑的聲音，此起彼落，聽在耳裡營營的。

她不免煩躁起來。

「怎麼樣？」他父親像他們小時候那樣，先是對著每個人巡視一番，然後定定地說：「明天就要入新厝了，大家有歡喜沒？」

「當然嘛歡喜囉！這個所在熱烘烘的，你們看，我的妝都花花去了！」

「阿爸，啊我的部分什麼時候會播出？」

「對啊，我那天上電視好緊張耶。」

「不會啦，都會把恁拍得美美的啦！」

她有些心酸地想起她大哥。上次一起坐在這個地方吃飯，夏天還沒過完，他們汗流個不停，坐著坐著，彷彿世界正逐漸往下沉，他們的手臂被黑闇一點一點呑噬。

說起這個大哥，她從小就有一份特殊的感情——溫文的，奮發的——成爲她心目中立誓學習的榜樣！她還記得那一次進城，她大哥特地向學校請假，帶她到動物園玩。那時候，她大哥剛退伍，脖子後面這邊青青的，很土氣，卻帶有一種年輕的剛毅。

「結果咧——實在不知道恁大兄哪會弄成這款？」他父親說：「現在聽說要靠機器復健咧。」

他們全皺起了眉頭，連聲嘆氣。

所以說，那不是夢境嗎？在電話裡叫著「我好冷、我好怕黑」的，那個哥哥的聲音是確實存在的嗎？牽著她的手走了很遠很遠的，只爲買一包乖乖的——他們眞的遇上過那樣一位老人嗎？

「我好像愛上她了！」這是哥哥說過的話，沒有錯吧？那名露出虎牙的女孩，是他的研究助理是吧？

或者，這一切，全是電視台安排好的一環？

她突然有種恍惚的，隔著一層廣角鏡的折光，看見他們漸漸漸漸膨脹、漸漸漸漸皺縮的錯覺。

餐桌上存在的那個缺口越來越大、越來越黑，彷彿打燈聚焦的舞台效果，他們身後皆蒙上一片黑暗，而他們在光下露出森森的牙齒、菜渣，以及濕亮的唾沫。

「家惠，動筷啊！」

「就是嘛，家惠，在想老公喔？」

「家惠，變得越來越漂亮囉！」

「什麼時候要生小孩啊？」

「孩子要生的嘛，不然兩個人怎麼生活？很無聊耶！」

「吃啦吃啦，難得我們大家聚在一起吃飯，媽，妳也動啊！」

「來，乾一杯！爲我們明天入新厝乾一杯！」

她又感覺到腳掌緩緩流動的濕濡，不是寒涼，也不是熱，純粹的體液流動，源源不絕的濕潤自她兩胯蜿蜒至膝蓋——突然「嘩」地傾洩而下！大片搖晃的水流急速攀升！看不見地板了！她的褲管完全濕透！腳步顚躓地滑進糅雜了汗與人體氣味的潮湧當中，在黏膩的水域間拚命揮舞雙手——冰箱猛然被打開，所有的什麼全漂浮起來！她稍一低頭，看見她父親突然放大的臉，在食物與食物浮升的空隙間，伸出手來牢牢扯住她的腳掌，往下沉，再往下沉！

她甚至看見她哥哥、母親、大姊、小弟——他們全像食物鏈那樣地一個接著一個，緊緊抓住彼此的腳掌，而她奮力地向前划動，四周的水泡開始咕嘟咕嘟翻升，聽不見任何聲響了……

（看啊，我們一家人多麼親愛啊）

（「哥，你這樣好嗎？」）

（「我感覺自己好像背叛了妳大嫂……」）

（「可是我好喜歡這樣的感覺啊，好像有很多人愛我啊！」）

（「哥！」）

淋漓的水氣不斷往身後逸去，小小的光束朝她這邊放大，彷彿黑夜中睜得圓亮的一隻眼睛——剛剛翻修完畢的房子外牆透出柔和的光，尖挺的屋簷頂著星空，星空看來異常遙遠。

她發覺自己又嗆了一口水，腳心被用力拉扯了一下。

「太完美囉！」

「是啊，好厲害！」

「你看你看，這幅家惠小時候畫的阿公，也被保留下來了啊。」

「再也不會沒有光線了！」

「再也不怕回家沒地方睡囉！」

「這個廚房，你們看！看起來就好好吃喔。」

聲音叫著、笑著，她想起夢境裡的家：四壁變成透明的空洞，而她感到一陣極不確定地驚心！

然後，她走到大門前。

輕輕地，輕輕地，把門推開——

「最後一個問題，對小林而言，住宅翻修王代表什麼意義呢？」

「讓家人展開笑靨的魔法。」

「太好了，說得真的太好了！」

——原載於二〇〇四年十一月《幼獅文藝》第六一一期

一天

他聽見的的的的，細微的聲音，像貓經過樹蔭底下輕輕踩碎的枝葉，枝葉底下有黃漬的泥土，泥土間有螞蟻鑽著爬著，顎裡咬含了一顆一顆極小極小的砂礫。

他甚至聽見嚶嚶的哭泣，遙遠的模糊的，彷彿是女孩的低啜，陽光赤豔的午后，明亮照進房間某個角落，女孩坐在床沿，白皙的手腕抵住尖刀，肩膀一起一伏。

他還聽見唧唧喳喳的鳥叫——也許不是鳥叫——肉體與肉體的擁抱那樣親密，所有的空氣都被擠壓出去了，只有兩個人彼此張望的悸動，他們又抱得更緊了些。

他也聽見碩重的雷響——原本以爲會有風，暴烈地穿過他的肩頸，暴烈地落到這棵樹的樹心，但終究是低低的蛙鳴，以及小草低頭的擺盪，一種陰鬱的氣息一步一步踩過，連帶他的胸口也有些窒悶。

他抬起頭來，大片大片的雲層被扯成長條狀的棉絮，光痕紊亂地交織在地界之上，下一刻恐怕要下雨了，天色卻依舊晴朗，光線透過樹梢篩落至腳旁，沉靜到底的世界，遠方倏忽傳來絲絲浮動的暗香。

是五月雪嗎？

他詫異著，想起曾經心血來潮釀製的一瓶流蘇醋，白色的小花紛繁流蕩，液態的泡沫在玻璃瓶口翻升，打開瓶蓋的刹那衝出一股糅雜了生靈與風雪的清冽。

他把醋拿到辦公室，調和水、冰塊，尖嘴壺外生出一圈凌擾的冰霧。女孩們爭相飲用，說是養顏美容，對於燃燒脂肪大有幫助。

（她們聚攏在他身旁一會埋怨、一會交換減肥祕方，殷切地詢問醋該如何製作？材料去哪裡買？糖與鹽的比例？）

他被誇讚得有些不好意思了，聳聳肩，覺得不是所有的事情都非得具備一個固定的步驟。

「重要的，是心！」

他低喃著這句來自周星馳電影的對白——怎麼會，在這個時刻突然想起那個無厘頭的傢伙呢？那一連串近乎胡扯的故事，而今居然也只剩下再清晰不過的一幕：飾演醜女「火雞」的莫文蔚，在械鬥之後的廁所裡——那時候，他們正以「爆漿瀨尿牛丸」在食品界闖出名號，原本在街口混江湖賣麵的火雞，而今也算是個上等人物囉——她惡狠狠地吻了周星馳一把的，並在隨後前往少林寺的旅途中，奮不顧身，替周星馳挨了一顆子彈。

「你不念在我爲你做了那麼多事，也該念在我爲你擋了那麼多刀哇！」火雞說。

他還記得那個火雞氣喘吁吁的（她長得歪嘴斜眼），從香港追到大陸，只求周星馳幫她在紙上畫下一支「愛情箭」，那樣期望又絕望的眼神……

那時候，看到這裡，他母親突然戲劇性地流下淚來，嘴角輕啓，乾澀的哭聲噎在喉嚨，沒有激烈的言語，也沒有浪漫的破涕爲笑，黑暗的客廳充滿了黑暗的回音，跳動的螢幕光痕映在天花板上，像一縷一縷浮躁的情緒。

他不由得伸過手去，緊緊摟住他母親的臂膀，發現在那短袖底下的肉體如此柔軟、肥胖，頸子低低縮著，鬢腳全白了，年歲的痕跡彷彿一張擠眉弄眼的鬼臉，一張一縮從她母親的眼角全部流淌出來。

他感到一陣恐怖。

雷又驟響了一次。悶熱的潮濕在鼻息裡鑽動，樹梢嘩嘩嘩笑開。他把長長的菸燼彈落，風從腳底竄進褲管，一顫一顫啪啪啪，很有荒野茫茫的氣魄。

往下望去，隱約能夠看見一對男女走在小徑上，男人拄著臨時抓來的樹枝充當拐杖，身後的女人拽住男人的背包，不時把帽子拿在手上搧動。一路上，兩人始終沒說一句話，越走越遠、越走越遠，最後隱沒在翻飛的芒草堆裡。

他試著踮起腳尖，芒草之後是一整片密密麻麻的建築物，喇叭狀的平原往西開出缺口，蚵仔寮凌亂的支架牢牢插在那一條灰淡的溪流上——他想起他父親曾經說過，源於水仙崙的一條支流，從北邊劃出一道深峻的溪谷，每臨冬季凜冽無比，稱爲「風空」，也就是客家話裡的「風洞」。

他又往前一眺，迎曦門前全是車潮，城隍廟裡的小吃與香火永遠鼎盛——極其突然，一陣風從他的頭頂灌落！吹散滿地奔跑的枝葉，也掀起蒸騰的地氣！他嗅嗅鼻子，似乎聞到一股雨珠落下的原始氣味，一抬頭，竟發覺是前天夜裡的水露，而非這一刻的陰鬱？

（所以說，氣象台又誤報了，是嗎？）

他母親肯定會點頭如搗蒜。

她總是把收看氣象台當作日常大事，總會叮囑他：「多帶一把傘！」——她不說「記得帶一把傘」——他也明白那一把傘要交給誰，他母親積極地撮合他們夫妻重修舊好，然而終究隔了一層紗，不確定的光照使得肌膚產生微微粗糙的錯覺感。他們照例在擦身的時候不正視對方、分房睡覺、分開使用衛浴設備，除了孩子的監護權、贍養費、共同財產的歸屬權，他們不說話不打招呼不哭不笑不生氣。

「叫你帶，你就帶！」有幾次，他母親甚至激動地紅了眼眶。

「你怎麼和你老父的性格同一個款咧，啊？」她母親的背影看來極爲瘦小，寬鬆的碎花燈籠褲紮在腳踝，拖鞋發出尖銳刮刺的摩擦聲，一如這個房子從未止息的緊張，稍一彈動就會發出鋼絲般的嗡嗡嗡嗡。

嗡嗡嗡嗡。

一天夜裡，他們在廚房撞見，妻轉身要走，他趕上前去抓住她的臂膀：「妳不要這個樣子好不好？」

她掙脫著：「放手了啦——誰要跟你這個樣子?放手——」

「爲什麼?」

「我說放手了喔!」

「爲什麼我們最後會變成這個樣子?」

她沒好氣地：「誰知道?你不會去問你爸爸!」

他父親——又是他父親!

他絕望地鬆開手，風從四面八方湧進狹長的甬道，朝他劇烈地撲襲，明明是燥熱的五月天，他竟感到一絲巨大的寒意。

他站在流理檯前，把雞蛋敲破，攪拌，加蔥花，灑鹽，抽油煙機轟轟轟彷彿要把所有的氣息全部吸納。他望著壁磚上一條一條像鼻涕的骯髒油漬，一隻蟑螂大剌剌地穿過瓦斯爐旁，細長的觸鬚朝空氣中伸展、試探，黑亮的翅翼恐嚇性地嗤嗤搧動。

他尖叫起來。

公司裡的同事會怎麼說呢?

小高，連一隻蟑螂都處理不好!

他又仔細端詳起擺在桌上的玻璃瓶，白色的流蘇已經有些泛黃了，油脂狀的液體浸潤著疲軟的小花，透過光線折射，四周擺飾產生了凌擾不定的擴大。

一張擴大的人臉突然靠近，微笑：「Michael，事情都做完啦？準備給行政課的公文搞定啦？」

笑裡藏刀。他最討厭的裝模作樣。可是說也奇怪，無論怎麼學習，就是無法熟悉這一套慣小伏低的辦公室文化——入行十幾年，他的陞遷之路始終顛顛簸簸，怪不得主任往往拍著他的肩膀說：「文藝青年，文藝青年呵！」

這時候，靠近窗口的蕭正儀嚷了起來：「好累喔，Merry，妳看看嘛，人家昨天加班加到十一點，臉上都長痘痘了耶！」

對方抬起頭來，不甘示弱地回嘴：「拜託！上次我們加班加到凌晨兩點，還不是沒有加班費？妳這個小case啦，擦擦茶樹精油就好啦！」

蕭正儀接過一只綠色玻璃瓶，還要辯駁什麼，極不自然地回過頭來，彷彿有人喊她那樣地望了辦公室一周，然後狐媚地朝他眨了眨眼。

「Michael，那個醋還有沒有啊？昨天回家以後，我就一直好想喝喔。」

「對啊，Michael，我們都找不到你說的流蘇耶！」

「就是ㄇㄧㄝ，流蘇是不是就是那個五月雪啊？」

他露出一貫淺淺的笑，表情有些僵硬。

「Michael，倒幾杯給我們大家喝嘛！」

「就是啊，你不會這麼小氣，只給你老婆喝吧？」

「Michael？」

他的思緒飄遠了。

炙熱的陽光底下有他父親掌心的溫度，他專注地數算著其中的硬繭。他們父子倆走在人行道上，風沉降下來，又陡地飛升，像一名頑皮的孩童，差點把他父親的帽子給吹跑了。

他父親笑著說：「這個風，這裡的風就是這樣子喲，看到沒有？完全拿它沒有辦法！一下子大、一下子小！」

他仰起頭來看著他父親，側背的水壺咚咚咚，水聲搖盪，汗珠從額角流過兩鬢，他感覺到唇上有大塊冒出的濕濡。

經過迎曦門前，他父親突然像個小孩，拉著他的手往城門裡衝，另一隻空著的手臂平行張開，在拱形的洞口像鳥禽一樣來回畫圈——他的手指被捏痛了，鵝黃帽底下的頭髮一綹一綹全是汗，水氣爬滿了臉——而他父親仍舊開心地左跑右跑，嘴裡尖叫著，回音彈跳在花崗岩上，極高極寬的門廊森嚴聳立，令人產生敬畏的恐懼。

他爲他父親的行爲感到可恥。

「怎麼樣？今天老師有給你們取英文名字嗎？」他父親終於停了下來，牽著他的手往前走。

他點點頭：「Michael, My name is Michael!」

「麥可喬丹的『麥可』？」

他又點點頭。

「哇塞！」他父親模仿著年輕人的口吻：「不錯啊，我以前的英文名字就叫Bruce呢。」

他父親摸摸他的頭：「Bruce知道嗎？Bruce Lee就是李小龍的英文名字唷！」

他不明白他父親為什麼要特別提到這點？

事後回想起來，只覺得當時他們走了好長好長的路，直到四周皆是尖刺的小草，他的後腿脛被蚊蟲叮出一小枚一小枚紅腫，紅腫像一隻一隻紅色的眼睛——往前看去，一整片飛揚的塵土矗立著一棵大樹——樹幹粗過大象！樹葉層層疊疊異常濃密，完全聽不到嘩嘩嘩的爭吵，樹蔭底下，糾纏的氣鬚像理也理不清的髮絲，空氣中逸散著一股雨水蜷縮在泥濘裡的腥臊。

他有些害怕的，扯扯他父親的衣角：「ㄅㄚˇㄅㄚˊ，ㄅㄚˇㄅㄚˊ……」

然而他父親繼續說著：「李小龍說過，武術就是眞實地表現自我——眞實，眞實你知道是什麼嗎？」

許多年後，他看到《死亡遊戲》——也就是李小龍所有武打作品中，唯一一部的「半成品」——故事主要發生在一座神祕的死亡塔，傳說裡頭埋藏了人生的眞理，卻因塔裡每一層樓都有一名武術高手護守，使得眾人皆不得其門而入。

整部電影就是在講述李小龍如何從塔底一路過關斬將，以眞材實學的拳腳功夫殺上最頂峰。

當時，他們已經接受過太多電腦合成的武打片了，怎麼看都覺得李小龍的電影充滿了粗糙的晃動感，一種鏡頭遭到磨損的模糊始終浮現在螢幕上，導致整個觀賞的過程中，他不斷處於想把李小龍看個清楚的焦慮。

然後，鏡頭倏忽來到第三層樓，李小龍以一記俐落的鎖喉拳，將身高二百二十三公分高的NBA籃球明星賈霸擊倒在地（多麼彎腳的守護者！），他這才想起他父親念茲在茲的，他們的英文名字。

（一個是「天鉤」賈霸翻版的麥可喬登，一個是一代武學宗師的？）

那樣親愛的時光呵——但這一刻，他父親又張開了臂膀，準備飛向何方？

自從他父親患病以來，「失蹤」已經成爲他們家經常掛心的念頭。往往一轉眼，沙發椅上只剩下人體的溫度，淡淡的痕跡勾勒著老人慣有的衰敗氣息。彷彿夢遊者的流浪習性，夜晚成爲他父親離家出走的保護色。偶爾起床解手，推開房門一看，床鋪空盪盪的，他父親已經走得老遠。

而他急急忙忙追出門，在靜默的夜色裡，涼風咻咻穿過他的髮梢，他單薄的內衣顯得極為寒磣的，一塊一塊的黃漬在他胸口拂也拂不乾淨，細瘦的大腿裸露在紅色短褲外，喀噠喀噠的拖鞋是整條街的心跳！

那時候，他母親和妻都還一同憂心忡忡地尋找，甚至追到派出所去——有幾次，他們照例穿著睡衣走進派出所大門，值班警員朝他們露出會心一笑：「又來報『失蹤人口』啦？」他們無可奈何地揚起嘴角，牆上的時鐘閃著冷冽光澤，一頁一頁的日曆格外刺眼。

回家的路上，冬夜的路燈一盞沒一盞，從遙遠的鏡頭看來，他們是遊蕩的三枚魂魄，衣襬隨風獵獵翻動，浮塵灌進他的領口，他母親身形有些見老的，連打了好幾個噴嚏，險些被自己的力量震倒在地。

妻在一旁連忙扶起母親，怨懟地朝他瞪了一眼。

是他的錯嗎？

他低喃著，異常煩躁，忍不住也回瞪了妻一眼。

「瞪什麼瞪？高志宏！告訴你，我已經受夠了喔！」妻叫起來：「當初我們怎麼說好的？」

說什麼？

「由你照顧爸爸啊！」妻恨恨地說：「我白天要上班，下班之後又要帶皓皓上才藝課，忙都忙不過來了你知不知道？」

可是，他平靜地說，他也是你爸爸啊。

「我知道！我怎麼不知道？」妻砰地摔下門：「你還敢說？你照顧過我爸爸沒有？你曾經打電話給我爸爸問聲好你知不知道他需要什麼有沒有祝福他父親節快樂有沒有說爸這幾千塊給您過生日買幾兩烏龍茶喝？」

「你敢說你有！」妻睜大了眼，嘴角微顫，手裡的拳頭握得死緊。

他從來不知道，她是這樣容易激動的女人。

突然暗滅的光線，眼前的世界失去重心搖搖晃晃起來。他努力使自己保持平衡，張開手臂，仰起頭，靜靜地聽風吹散雲層的流動，護城河踮起腳尖的漣漪，東大路上有香粉輕飛的濃郁——他又深吸口氣，幾隻麻雀在他腳邊撲落，他甚至可以聞到牠們身上沾染的關帝廟香火。

他回過頭，發現他父親正坐在一塊大石頭上，雙手揑膝，似乎很仔細、很仔細地側耳傾聽。風掠過他父親星白的頭髮，把他頸後的短毛豎立起來，凹陷的眼角紋理拉出極長的黑洞，黑洞洞的喉嚨有光亮的濕濡，他沒料到，他父親居然已經老得沒有牙齒了！

「我一直在聽這個風說話喲！」他父親說：「你聽——有沒有？是不是吭隆吭隆、九彎十八拐？」

他不知道該怎麼告訴他父親，家裡所有的人都在爲他煩惱，而他卻好整以暇地坐在這裡，準備告訴他一整個下午和風相處的經驗？

「九降風！」他父親說：「九降風喔，翻過好幾個山頭，從宜蘭滑過桃園，再吹進我們這裡——九降風，你聽！它剛剛是不是說了一句好累哦、好累？」

隔著一小片淡藍色的玻璃，對街的巨幅廣告同樣蒙上一層淡藍色的陰鬱，廣告上是一名拿鋤頭的男人，他對孩子說：「喜歡嗎？爸爸買不起！」

他瞥見那個男人手上戴著最新一季的星辰錶——市價二十幾萬！

風吹動他的衣領，幾乎是互相拉扯的力道，他感覺到自己的臉龐被輕輕揉著、推著，嘴角有不聽使喚的哆嗦，這不是他第一次尋找他父親，但不知爲何的，他竟有些力不從心。

他哄慰著：「爸，你拿這做什麼？以後不要拿這個好不好？很危險耶。」

「不要！」他父親倔強地揮舞著手中那塊不規則的玻璃，尖銳的邊緣發出金屬般光澤，好幾次差點劃傷了手臂。

「風告訴我，李小龍其實還沒有死！」

「風還說，我是好人！」

「風最後說——」

爸爸。

他和他父親並肩坐在那裡，前一天下雨的潮濕還沒有完全乾，微弱的光照底下，地氣陣陣騰升，他始終有一種被籠罩在悶窒氣味的髮廊裡，遲遲無法移開頭上那個電燙器的躁鬱情緒。

雲層很緩很緩地向西推移，一枚靜止不動的黑點懸掛於天，一下子隱沒、一下子又變得明澈起來，他張望許久，分辨出是一只風箏，一名老人拉扯著手中的魚線，久久才往四周一瞥，偏過頭去用力吐了一口痰，然後繼續牢牢盯住風箏，專注的表情和他父親如出一轍。

怎麼這個地方會有這麼多老人呢？他盤想著。

戴著鵝黃小帽的學童經過他們身旁時，其中一位大喊：「幹你娘的李傳來！雞巴咧！把我的戰鬥陀螺還來啦！」他吃了一驚，倏地站起身來追索那一聲咒罵，無法置信那樣稚嫩的喉嚨怎麼會發出如此不馴的音調？

尖銳的汽車煞車聲從他身後響起，大批鳥類啾啾啾啾越過電線桿，不安定的天色盤旋在城市上空，讓人懷疑是不是又要下雨了？是不是明天還要「多帶一把傘」？是不是他母親他妻子又要皺眉，說——

上回，他給兒子送傘到學校，偌大的校園裡安安靜靜，他正納悶著是怎麼一回事？這時候，兒子大步奔跑過來，兩頰紅撲撲地跟他解釋說：正在進行「靜心練習」。

什麼？

「靜心練習啊！」兒子說：「就是把那個課本闔起來，然後閉著眼睛，在心底默數一二三——」

然後呢？

「反正就是無聊嘛！」兒子嘟起嘴：「大家都嘛在比誰數得快！」

可是，不是說在心底默數嗎？那，這樣怎麼「靜心」？

「ㄏㄡˋ——」兒子仰起頭，似乎對於做父親的無法理解他的想法感到不甚開心：「反正，ㄅㄚˇ ㄅㄚˊ，你下午要記得來給我載就是了！」

他還沒來得及點頭，兒子已經跑得老遠了，有力的小腿搭配著白皙的小手拚命向前衝，跑遠了，頭也不回地轉個彎，不見了。

他心底湧上一陣悵然——從前年輕的時候，作文簿上老愛寫著：「我感到『悵惘』，我覺得『迷惘』，我終於『惆悵』了起來。」——從前不明白，現在終於慢慢懂了，也許不算完全理解，但終究能夠體會其中的滋味，像他母親常說：「激情容易，恩情難。」又說：「一切都是命。」每每她這麼一說，眼淚又要來了，似乎受了太多的委屈，在這段感情裡她是全面的輸家，而他父親卻一點一滴像一只影子正要從這個家無聲無息漏逝。

流失。

一名女人走過來問他需不需要幫忙？

他搖搖頭，眼淚無法克制地流個不停。

「沒事的、沒事的，」女人拍拍他的肩膀：「都是這樣的，養兒育女嘛，本來就是——欸，要有信心啊，啊？」

但他止不住淚水，曲肱遮住一邊的臉，把聲音埋在裡頭，悶悶地發出幼獸般的哀鳴。

「別哭了，你還年輕嘛……」女人說：「年輕人不要隨便哭泣，等到像我這個年紀，你就會覺得一切都不值得，一切都像一場夢了！」

他側過臉，抹抹袖口，怔怔地望著眼前的女人，她身上的襯衫線條燙得筆直清爽，及膝的窄裙看來異常俐落，眼角的皺紋有了，目光依舊澄澈，他內心多麼期待，這段話是從他母親的口中說出，而不是這麼一位素未謀面的女人，他多麼希望有人能夠摟摟他的肩，稱讚他其實做得不錯。

「不要哭了，啊？」女人說：「你還年輕，還年輕啊！」

這時候，一位穿著職員樣式的男人跑過來喊：「徐老師、徐老師！」女人朝他淺淺一笑，匆匆忙忙離開了。

「你還年輕啊……」他反覆低喃著，情緒激動不已。

離開校門口的時候，他突然想到什麼的，兀自叫嚷起來：

「可是，如果我等不到那個年紀呢？如果我撐不過這一關呢？」

風低低流竄在他的腳下，亂蛇似的舞影，他牽著他父親的手經過迎曦門前，天色開始暗下來，藍黑的垂幕一層一層披掛在天與地的交界。城門前的廣場亮著一盞盞燈，一閃一閃的現代性光澤從地面往上投射，彷彿誤闖一處目不暇給的透明迷宮，他覺得一陣暈眩。

他想起那一次，他父親跑進城門的瘋狂舉動——那時候，這一帶還荒涼得要命呢，而他猶不及他父親的一半高——現在，他父親竟變得如此矮小！兩肩微微向內縮，手裡的拐杖篤篤，腳下的影子一吋一吋變小、一吋一吋顫抖……

他父親突然站住，巍巍指著城門，異常嚴肅地比了一個砍頭的手勢，皺紋滿布的掌心抖得更加厲害了。

「爸，該走了。」他拉拉他父親的袖口，一如當年扯動他父親的衣角。一股腥羶的氣息很快竄湧上來，他低下頭去一看，淅瀝淅瀝的體液正從他父親的褲腳滾到地面！在燈光照射底下，一攤逐漸擴大的濕濡顯得更加黃濁！

「挹爽門、歌薰門、北城門……」他父親還在數算著，尿漬像失控的水瀑不斷不斷往下流！

他再次為他父親感到可恥，覺得這個世界也正跟著往下傾斜。

他問過醫生，病怎麼發生的？是不是救不回來了？

醫生從密密麻麻的病歷表抬起頭來，注視他好一半晌，似乎斟酌著怎麼啓口。

「其實，」醫生說：「每個人或多或少都會遇上這種病，這是一種文明病嘛，只是你父親很有可能是遺傳——我只是說『有可能』，因爲很難斷定它是怎麼發生的——」

「總之，要記得定時吃藥，還有，有空的話多陪陪他！」

他看著鏡子裡的自己，微微下垂的眼角、濃眉、薄唇，赤袒的腰背——和他父親這般相像的面貌，總有一天也要生出皺紋，總有一天也會走向老朽，總有一天——他尖叫起來！一隻老鼠從排水孔底下鑽出身，毛茸茸的尾巴拖在背後，彷彿一條死了的蚯蚓，黑色的眼珠有濕潤的光澤。

他站到浴缸上，滑稽地和牠形成對峙。

他母親推開門，搖了搖頭：「查圃囝仔連這個也怕！」

然後，舉起腳來用力一踩——

他發覺心底激起一瞬短促的刺痛。

不是恨意。也不是愛。而是對於一個家的，一個逐漸在暗下去崩垮下去，擁擁擠擠吵吵鬧鬧的，一聲無可奈何的嘆息。

他走出浴室，妻隨即迎上來：「你是故意的是不是？」

「什麼故意？」他的語調疲倦鬆軟，忙了一整天終於找到父親，而她和她母親卻開開心心坐在家裡、看電視、聊天，彷彿不當這個人存在。

「我說，你今天下午怎麼沒有去學校接皓皓？」妻斜睖著眼。

他心底一驚：徹底忘記這件事了，原本他盤算著，和他父親順道繞去學校……

「只有我一個人要上班是不是？」妻似乎找到了攻擊點：「你不要以為你在外面搞什麼我不知道！告訴你，高志宏，我一清二楚！」

他做了什麼了嗎？

「你自己心裡清楚！」妻吼起來：「我告訴你喔！不是我不敢離喔，你不要逼我！你不要逼我你知不知道！」

兒子，母親，父親……他睜開眼，似乎被大塊大塊的流沙拚命往下拉的，一種噺噺噺的摩擦感混和著立體的聲音、感覺、思緒，往下掉、再往下掉……他試著挪動指掌，發覺自己的懷裡正緊緊抓住一具柔軟的腰腹，人體溫度如此飽滿，富有彈性的、生命力的，他又靠緊了些，一陣涼風拂過他裸裎的臀部、床、窗帘、電視機，粉紅色的燈光在那裡一閃一閃——

女人坐起身來，背對著他穿上內衣，又費力地把黑色絲襪套好，張開的兩胯發出甜腥的雌性氣味。

他撇過臉去，翻身趴俯在床鋪上，歡快後的空虛從腳底襲湧過來。

女人問：「欸，我們待會要去哪裡吃飯？」

他吃了一驚，對於近距離放大的臉孔感到莫名錯愕——一顆顆粉刺浮現在女人兩頰，紊亂的細紋透過光照更顯得立體縱深，兩眼血絲赤豔——但她今年不是才剛滿二十三歲嗎？

蕭正儀。

他輕輕唸了一遍她的名字。怎麼會和她扯上關係的呢？那樣年輕的肉體，年輕的笑，年輕的嘴唇，她的手裡握著晶晶亮亮的玻璃瓶，端視著，仔細而不帶感情的，就像那些青春永遠揮霍不完的瑩燦時光。

而他和她待在這裡，似乎只爲彌足日常生活遭遇的全部，全部的傷害，那些該被打碎的一切？

蕭正儀笑了笑，問他：「很累ㄏㄡˋ？」又從矮櫃上拿起那個小玻璃瓶：「喂！該起來了啦！這個喝假的喔？」

「哪有人這麼沒用的？」

哪有人……

他聽見猛然劈下的雷！暴烈地，憤怒地，從遙遠的漁港竄上來的強風！蛙鳴群起！小草擺盪！被扯成塊狀的光痕一明一滅，世界是一只搖盪的玻璃瓶，下一刻將有更爲激動的氣泡衝撞出來！

他還在仔細聽。

聽見他父親坐在客廳裡，繼續說著那些無人理睬的話，一張國中教師證遺落在他母親腳邊，上面寫著他父親的名字。電影裡，周星馳正哭泣地對莫文蔚說：「娟兒，我這輩子已經受過太多太多的挫折了，我再也不能失去妳了！」姿態那樣滑稽，卻還是讓他母親流下淚來。

他甚至聽見妻和另外一名男人的對話，輕聲細語怕吵醒兒子的眠夢——兒子突然喊：「戰鬥！戰鬥！我贏了！我贏了！」——妻吃了一驚，電話裡的男人輕笑起來，問她哪一天再帶兒子去麥當勞？好久沒有、沒有……妻羞赧地罵一聲：「死相！」

晚上十一點。

他已經在這個地方坐了將近一天了，沒有人發現他的失蹤，身旁的行動電話始終一片死寂。

他仰起頭來，遙遠的樹梢上，那個童軍繩結成的環套一前一後，來回擺盪的姿態極其孤單的，又亮又暗的光線在樹蔭間閃爍，顯出它更加蒼白、更像一整排白色的牙齒，稍一伸手，就會被尖銳刺穿！

又過了兩分鐘了。

風不斷從底下吹過來，他第一次這麼清楚感受到，深夜裡的風如此綿密、如此溫柔、暴力、富有節奏的拍打——他想起他父親說過的「風空」；他母親總是感嘆地和他看完一場又一場的《食神》、《喜劇之王》；兒子明天要註冊了，要買最新一季的戰鬥卡了；年輕時，他和妻第一次接吻，妻還不知所措地哭了起來……

那些生活的此時此刻，流沙般無論如何難以掙脫的親情，他父親的、他母親的、他兒子和他妻子……他站起身來，緩緩地，緩緩地把手臂張開，平行，面對西海岸的方向，聞到那些風中挾帶的各式氣味。

「你還年輕啊，還年輕！」他想起那個女老師的笑容，手心如此溫暖地朝他一拍。

然後他儘量把手心朝外伸直，像一隻鳥禽那樣地站在樹下，全心全意領受全台灣最猛烈的風——頂頭上的那只童軍繩圈套也被風吹得掀飛起來，黑闇中像一只來回擺盪的鞦韆，鞦韆上有他和他父親、他母親——他們一家人親愛的笑著、尖叫著。

然後，也就是這時候，電話鈴聲突然奏響了起來。

——原載於二〇〇四年十月《二〇〇四年竹塹文學獎得獎作品集》

（本文獲二〇〇四年竹塹文學獎短篇小說佳作）

碎時光

極暗。極亮。

極輕極緩的光翼滑過女人的肩頸、臂，伏貼，翻升，幾近透明裸裎的黑茸腋窩，跌落——

啪！——啪啪啪！巨大的闇影撲翅而下，浮塵亂舞，滿室曝白幾乎承受不住的柔軟光束。

啪啪啪啪。

「出事了！」他自金黃漫漶的震顫中驚醒過來，眼前盡閃餘燼復燃的晶亮。靜默。嗡嗡暗語的冷氣運轉。（出事了出事了出事了）他遲疑著挪動發麻的指掌，探尋枕旁女人的鼻息，一涼一熱，團團霧氣溫暖如妻肥胖的擁抱。

今晚，她還會重覆那個相同的夢嗎？

好暗好暗哪。

黑暗襯托著黑色的蕾絲花邊更顯魅亮，新月赤金，女人裸裎的背脊縱深筆直，臀部溢出褲沿的脂肉愈發滑腴剔透。懸念。雄獸熠熠的眼神——又晶亮了！又暗滅了！窗外爆開的煙火，紅橙藍綠，一地碎花磁磚爭相擁簇的喧鬧歡騰！

「噯。」女人悶哼，撥掉男人發汗的鬼祟。

「一下下又不會少塊肉？」他猶不死心，手掌爬著：「時間還早耶。」

「走開了啦！」女人虎地坐起身來：「要就付錢！」

啪啪啪——啪！爆開了！啪啪啪啪！雲層咻咻墜地，不斷壓迫的驚恐，一幕幕飛機舷窗掠過一張張飄浮挨擠的眼鼻，燄花，氣味獵獵，人臉與人臉錯置的表情宛如神祇肅穆——啪！啪啪啪啪！自動導航儀。螺旋槳。啪！渦輪推進器。啪！起降器。啪！啪啪啪啪！

整架龐然大物幾乎撞進他的眼瞳的瞬刻，一對陌生而熟悉的唇齒朝他微微一笑：「ㄍㄜˋㄍㄜˋ哦，ㄍㄜˋㄍㄜˋㄍㄜˋ！邀你來你都不來，北海道好好玩耶！你看你看，這些是什麼？」

碰！

烏鴉鴉的女人跨坐在他身上，指尖抵住他的眉心：「碰！起來起來！從十點算起，現在嘛都已經超過四個小時了，拿來！一千五百塊！」

冰涼的地磚黑白分明，月光涓流，隆隆隆的排水孔漩渦近得貼在耳旁，後腦彷彿被痛擊後的暈眩，他覺得眼前一片凌擾。

「還沒醒啊？」女人笑，俯下身來朝他耳邊伸出舌頭。天花板掀露的牆漆如一隻隻夜的眼瞳，深邃注視他彎扭的仰躺，碩大的胸脯點綴立體的光，女人胯下溫熱如蛇，一吞一吐，動物性的摩擦，他感覺到肚臍以下的堅硬不聽使喚，像撮尖的嘴，像吹蛇人的欲望。

（會是一場夢嗎？）

強光被收納至玻璃內，小小的氣窗映照出一方小小的風景，雲層一紅一藍，魚白在天際拉出一道長長的細絲，如一則幽微的心事——就算太陽整個升起，那些活生生的陰鬱又能夠完全解開？眼前柔軟的黑茸陣陣壓迫，像拚命搧翅的鷹，女性大腿內側的灰色風暴層層逼近。

走開走開！

他希望自己叫喊，但聲音被緊緊勒住，太陽穴拚命擂著鼓，他勉強撐起赤身的腰背，手肘陷入闇海湧現、風呑浪噬的奮力掙扎——一尾藍色的飛魚躍過女人拉長的眼角，臨去前拈花微笑甩了他兩胯間的雄性一把！

「躺下了吧，嘿。」她的牙根發黃，嘴形卻非常好看。

他猛然握住拳，納罕疼痛自腹肚至胸口至腦門的竄升速度，以致他幾乎記不起恍惚中，那最後一幕究竟是幻覺抑或眞實？他的母親和父親，他們在高速墜下的同時，在最接近死亡的面前，是否曾經這麼用力叫喊？那些在場不在場的人們，光，飛機零件……他和女人此刻的歡快——原來，這就是失序的狀態嗎？

肯定有什麼錯失了。

……滴答，滴答，隔著黑襪，趾尖被水龍頭落下的水珠輕輕搔著、捏著，很遠很遠地，門砰地關上，星光搖蕩，他的四肢鬆張開來，空間一下子變得開闊——乒乒乓乓，乒乒乓乓

——女人隔著牆粗暴地翻找：「什麼跟什麼嘛！連一張信用卡也沒有！」

光線被用力推開，尖銳的面孔揚起手中皮夾盯著他看：「喂！這是你老婆是不是？」女人吐口煙，訕訕地：「嘻嘻，難怪——好像，好像那個沈殿霞耶！」

（她怎麼會知道沈殿霞？她看起來那麼年輕！）

（妻嘆了口氣：「最後在夢裡，我變成一個男人。」）

（「但是，楚留香依然那麼愛我。」）

「什麼鬼？」女人挑眉微笑，下一刻突然變得暴怒起來：「我×你媽的祖宗三代！沒錢你還敢出來玩！×！」

月牙倒轉，天河流淌，他還在努力拉撐身體，到達極限了，視野進入靜謐的時空——撐住啊，他感到腰快折斷，告訴自己這是最後的時光了，撐過去就沒事了，沒事了……

雲層大片大片流入黑暗。風輕輕吹。大字型的張腿伸臂。除了冰冷的地板與旅館吱吱亂叫的冷氣運轉有些煞風景外，比起銀行自動門的開開闔闔——他又想起那些機械性的一切，舒適的整齊的，一整排明亮刺眼的強光——整個世界已經像一座城堡了，他想，就算被形容為一座馬桶也未嘗不可，沖水系統永遠運轉，被看見的一切總是乾淨，日光燈還能夠讓植物快速成長哩。

他發覺自己的力氣正在逐漸消逝之中，耳邊響起模模糊糊的聲音。

「先生先生，」是女人嗎？皮夾肯定不知被扔到什麼地方了。（妻會怎麼說呢？我送你的定情信物耶）

「先生？」

一名頭髮梳得相當工整的男人戴著黑色袖套，黑色讓他想起妻永無止盡的夢魘：「關於這個ㄏㄡˋ，您要先去找法院，還有稅務機關……對，就是中山路上的那一棟──你有沒有哥哥或弟弟？你弟弟也算繼承人……不要忘記身分證和戶籍謄本，死亡證明要記得準備一份。」

他其實很想叫他們經理來，他從小就討厭複雜的事情。

「問題就出在這裡喲，這就是法治社會的好處對不對？」男人舔舔唇：「銀行保險箱也一樣，開啓保險箱這種事唷……你必須先去找法院、找稅捐機關──還有，你弟弟也算繼承人嘛……」

他眞的好累好累，好想在這裡睡一覺。

那些含蓄的，捏著高腳杯翹起小指的嘛唇眨眼，光潔的地板，微笑，歡迎光臨──不知爲何的，對於他父親生前經常前往的這個地方，他總有一種踩入一處皆凝凍靜置，四周無聲無息仿若自扮獨角戲的寂寥錯覺。

沙沙沙沙。

沙沙沙。

稍早之前，他小心翼翼地坐進這個圓形沙發，迸出一聲難堪的突襲──ㄅㄨˊ──不要在這裡發呆、摳腳趾，謝謝。有人走過來告訴他，一般止付只要拿左邊的號碼就可以了，如果是定存的話麻煩直接到第三個櫃檯辦理。

他表明來意，對方眉頭的光影暗了一下。

他想，眞是可惜，他原本打算讚美她笑起來很甜、牙齒很整齊，很像那個蔡什麼林？

「先生先生，」男人又說了一句：「我們建議您先去找稅務機關，開證明嘛，遺產稅嘛，這部分是一定要的……說起來也是啊，景氣這麼差，利率不到百分之二，可是該繳的稅單還是跑不掉唷，像上一次……」

嘎啦嘎啦，飛旋的吊扇條忽彈花，男人的頭頂露出一截不規則的蠶白，啪啪啪！啪。斷裂的扇葉像斷裂的牙齒，緊緊咬住汩汩流血的傷口，陰闇在牆上放大，恍恍惚惚的最後時刻，他母親的笑臉明明滅滅：「ㄍㄜˇㄍㄜˊ，ㄍㄜˇㄍㄜˊ哦！你看！北海道的雪好白好白喲！你看你看，好多好多的雪！」

那樣驚人的雪堆！（一座歪斜的巨大雪人，鼻子是樹枝做的，戴著可愛的垂耳帽，簡直就是MTV裡的偶像情節）他母親極其親愛地拉著他父親的手在雪地裡叫著，桃紅色的花瓣落到他們肩上，他第一次發現他母親的眼睛這麼乾淨，一點血絲也沒有。雪球砸在腳下，一整片深邃的森林響起他們輕脆的笑聲，整個景觀觸目所及似乎就只剩下他們站在空無一人的畫面中央。

「這邊喔，ㄍㄜˇㄍㄜˇ，看這邊，來，笑一個，要拍了喲！」啪啪啪，好響的相機快門哪。啪啪啪啪。金屬與金屬挨擠過近的摩擦，臂膀起雞皮疙瘩了。啪啪啪啪。他胸口湧竄一陣酥癢，恐怖的揪心掏肺的欲望。啪啪啪啪。

啪。

「所以說，你必須先去找你弟弟、找法院、找稅務機關……」

啪。

「所以——」

啪。

「空難原因迄今尚未確定，有人說可能是炸彈爆炸，甚至懷疑遭到隕石強烈撞擊！」

啪啪啪啪。

「對於提領您父親於本行承租的保險箱遺產……」

「怎麼會？」

啪啪啪啪。啪。

「因爲只要在八千英呎以上的高空墜落，屍體在五秒鐘之內會被急凍。」

啪。

「當然現在是變遺產了嘛。」

「一切相關結果，將由調查人員再做進一步調查。」

啪啪啪啪。

「不清楚。」

啪啪啪啪。

「我們還是要確定一下……」

啪。

「無可奉告。」

啪。

「您眞的是陳寶鹽先生的兒子？」

「無可奉告。」

啪。

「有沒有身分證？」

「無可奉告。」

啪。

「你……」

啪啪啪啪。啪啪啪啪。啪啪啪啪。啪啪啪啪。啪啪啪啪。啪啪啪啪。啪啪啪啪。啪啪啪

啪。啪啪啪啪。啪啪啪啪。啪啪啪啪。啪啪啪啪。啪啪啪啪。啪啪啪啪。啪啪啪啪啪啪啪。

啪啪啪啪。啪啪啪啪。啪啪啪啪。啪啪啪啪。啪啪啪啪。啪啪啪啪。啪啪啪啪。啪啪啪啪。

啪啪啪啪。啪啪啪啪。啪啪啪啪。啪啪啪啪。啪啪啪啪。啪啪啪

啪啪啪啪。啪啪啪啪。啪啪啪

啪。

啪啪啪啪。啪。

啪啪啪啪啪。

啪啪啪啪啪啪。啪。

啪啪啪啪啪啪啪啪啪啪啪啪啪啪啪。

啪啪啪啪啪啪。啪啪啪啪啪啪。

啪啪啪啪啪。啪。啪啪。

啪啪啪啪。啪。

啪。

啪。

那又怎麼樣！

他突然很想大叫，飛機掉了啊！故事在他面前活生生地上演，他的父母親憑空消失，而他們卻告訴他「不要急」、「永遠不放棄最後一絲希望」？

百葉窗的光痕在他指尖輕輕搖晃，屋內幽涼的沉默緩緩迴旋，有一瞬刻他完全無法適應光線，覷眼坐在椅上凝視對面男人小心翼翼地撩撥頭髮——似乎一切未嘗改變地——他露出茫然的表情，發現桌角一隻綠頭蒼蠅正在仔細搓腳，一株百合花開始腐敗的氣味，一片枯萎的花瓣掉落，皺眉。

自大門離開時，黑色的人影印疊在灰淡的玻璃之上，喀嗤喀嗤，故障了。他舉起手來朝門上的感應器揮舞，姿態掙扎，蜘蛛式的求救，蜘蛛式的寂寞，蜘蛛是最孤獨的生物了。

他發覺自己現在這個樣子真醜，而且哀傷。

他簡直不願意承認自己被擊倒了。

一架飛機轟轟自上方飛過，肥胖的機腹光澤陰鬱，極低極低的姿態發出揉碎時空的沉重尖刺。

「喂，喂！停下來啊！停下來！就要撞上了啊！」他突然失控地朝天空大喊。

市區捲起漫地煙塵，倒插的飛機機尾像一支破碎的掃把！圍觀人群唧唧喳喳，像看見外星人的興奮表情，而他母親和父親手牽著手自艙門拾級而下，好整以暇地走進西門町巷弄，肩並肩，十指嵌住十指，彬彬有禮，面對每一位經過的路人微笑。

「爸?媽?」他一陣激動，提腳狂奔，幾乎當著他們的面前脫口而出：

「你們，你們不是已經掉到海裡面了嗎！」

（不是嗎？）

（難道這又是另一場夢？）

他來回搓揉著雙手，袖口被輕輕扯動，一位骯髒的小男孩眼睛骨碌碌地：「先生先生，買一條愛心口香糖好不好？」

他目視著那對矮小的背影迢遙過街，慢慢慢慢淡出模糊的海青衫，黑色布鞋的顢頇步伐，老夫妻挨得好近好沉默，沒有人聽見他們的手肘因此出血的汩汩摩挲。沙。沙沙沙沙。沙。直到落日沒入地平線的彼端，他依舊聞到風壓吹散的腥羶久久徘徊，甜膩。

那位小男孩鍥而不捨，捏尖著嗓音：「先生先生，幫幫我……」

幫幫我！

他在心底吶喊。那些不斷造成的傷害，走索時的戰兢，跌落復而保持平衡的努力——肩頸手臂皆烙上鋼鐵的紅熱，固執地以為跨越了風雨邊界，傷口將密合如雲海相逢，豈知心房低垂的細蕊正不斷抽長，碩大膨脹的果實幾乎壓垮枝葉！

（幫幫我！）

（「只有你一個人知道。」妻說）

（只有我們知道）

（「那些行走時背後始終習習吹拂的蔭涼。」）

他摳掉黏在口香糖上的鋁箔，像摳掉指甲邊緣毛躁的皮屑。日頭赤豔，汗水滑到頷下，喉結張開雄性的氣味，未喝完的飲料罐冰鎮額頭，他試著開始冷靜。

法院公正第三人。主管稽徵機關。完稅證明……

夠明白了。他弟弟……他應該先去找他弟弟。「遺產共同繼承人」。這麼簡單的答案。他揣想，他弟弟，如今長得什麼模樣了？

（啪啪啪啪）

（啪）

（啪）

（似乎總有一種日久年深，人事皆模糊漏逝的細微聲音）

（他的喉結又抽動了一下）

（啪）

那次過年拍全家福，四個人擁擠在沙發上，誰也沒注意誰，倒數聲響起時，陰暗的客廳不約而同爆出輕鬆的歡笑，彷彿經歷了一件重大的決定。事後他端詳照片，發現他弟弟變胖了、變年輕了，甚至對著鏡頭作出童騃的鬼臉——他弟弟……有一次他忍不住向妻抱怨：「這些年，他到底在想什麼？怎麼就沒有半句話想對我說？」

妻沒好氣地：「他才不想對你說咧！一個做大哥的對自己的小弟不聞不問，十幾年耶，拜託，對日抗戰都沒你這麼久！」

他詫異著（妻居然比他清楚那些年歲），照片上的男人嘟嘴皺眉，一副欠揍的樣子，天色逐漸暗下來的傍晚，他抬起頭，看見他弟弟興高采烈地衝進房裡說，哥、哥，剛剛，剛剛我和王心怡在學校接吻了耶！

（他感覺到四周的空氣充滿近乎果凍的流光，他的身體不由自主地柔軟顫動著）

哪裡哪裡？他問。

就是棒球台後面啊，有一道古牆還有傳說中的鬼樹，我們就站在那棵樹下，身體貼著身體，很近很近，兩個人都很濕很濕！

「啪！」似乎有一隻蚊子叮痛了腳，他一面抓搔一面想，十三歲的嘴巴、大腿、舌頭……他當時已經十七歲了，從未曾和女孩子發生過任何一次激情！每天嗅聞著學校同性的汗臭，

廣 告 回 信
台灣北區郵政 管理局登記證
北台字第15949號

235-62
台北縣中和市中正路800號13樓之3

印刻出版有限公司　收

讀者服務部

姓名：________________　性別：□男　□女

郵遞區號：__________

地址：________________________________

電話：（日）________________（夜）________________

傳真：________________

e-mail：________________________________

INK

INK PUBLISHING

讀者服務卡

您買的書是：______________________________

生日：________年________月________日

學歷：□國中　□高中　□大專　□研究所（含以上）

職業：□軍　□公　□教育　□商　□農

□服務業　□自由業　□學生　□家管

□製造業　□銷售員　□資訊業　□大眾傳播

□醫藥業　□交通業　□貿易業　□其他______________

購買的日期：________年________月________日

購書地點：□書店　□書展　□書報攤　□郵購　□直銷　□贈閱　□其他

您從那裡得知本書：□書店　□報紙　□雜誌　□網路　□親友介紹

□DM傳單　□廣播　□電視　□其他

您對本書的評價：（請填代號 1.非常滿意 2.滿意 3.普通 4.不滿意 5.非常不滿意）

內容______　封面設計______　版面設計______

讀完本書後您覺得：

1.□非常喜歡　2.□喜歡　3.□普通　4.□不喜歡　5.□非常不喜歡

您對於本書建議：

感謝您的惠顧，為了提供更好的服務，請填妥各欄資料，將讀者服務卡直接寄回或傳真本社，我們將隨時提供最新的出版、活動等相關訊息。

讀者服務專線：（02）2228-1626　讀者傳真專線：（02）2228-1598

在上放學途中貪視那些黑裙、黃裙、白裙底下的細腿……什麼嘛！他憤怒地丟下照片，這是事情發生之後的第幾天？他向妻提出抗議，他弟弟難道會不知道家裡出事了？報紙電視天天登，像全版廣告那麼大，出事了耶！

他弟弟……

（啪）

那天，他母親籌組的那些互助會會員跑到家裡來，說是誰也不願意見到這樣的事情發生，可是啊，你媽媽——他們說，也就是這個會的會頭啦——還欠了幾千幾百萬耶，你說現在該怎麼辦才好？

他在心底驚叫一聲，完全忘記他母親出國前的那一番苦口婆心，那本密密麻麻記載著外標、內標的帳簿……一位歐巴桑不耐煩地伸出手說，管你家怎麼樣啦，反正你老婆長得也很漂亮嘛，可以叫她去賺錢啊！錢拿來再說啦！

碰！

妻這時候衝出來，神情激動地朝人群大吼！家裡變成戰場，她成爲堅強而不顧一切的女人，雄性的氣息逐漸逸出這個家的屋簷，如一縷輕煙穿越他們寬厚的肩膀。

他都失業半年了，去哪裡籌錢？

而他弟弟——他不知道該從那裡說起——就算回家坐在客廳，他父親忙著抄寫〈般若波羅蜜多心經〉，他們見了面也是彼此喊「哥」、「弟」；望著大理石餐桌，他母親熱呼呼地端來芋頭年糕，他們抬起頭瞧見對方，還是彼此喊「弟」、「哥」；還有在狹仄的樓梯裡錯肩，他們照例喊——

風吹過屋外倒掛的垃圾桶，吭隆吭隆，少女的祈禱，有那麼一天，他望著他父親歪歪斜斜地提著垃圾袋的背影，他母親在一旁喃喃自語：天又暗囉。又是自然的家庭氣氛。等到路燈的影子跌落頂樓佛堂，他母親會放下木魚，和他父親低聲：阿彌陀佛，阿彌陀佛，所有功德迴向給子孫，願消三障諸煩惱。

只有他們，他和他弟弟一整天說不到一句話。

(「啊，什麼時候回去？」這是平常見面的問候。)

(「恭禧發財。」這是過年時節的公式寒暄。)

(「欸。」無言的點頭招呼。)

他記得最早的時候，他母親經常掛在嘴邊的叨絮：「看你們兄弟兩個將來怎麼辦？」

「最後怎麼辦！」

「又不是白癡！」

是啊，逐漸蔓生的藤棘阻隔在他們之間，抽長的黑煞龐雜紛繁，而他們的父親和母親困陷其中，透過間隙望向漆黯無邊的兩端——他和他弟弟——他們不聞不問的撕裂關鍵究竟是從那一刻開始的？

「喂，又過了一個小時了唷，一千五百塊，啊？」

淡藍色的浴室發出淡藍色螢光，試管裡的靜謐，他企圖把身子屈拗成最小的姿態，僵硬的腿脛奮力移動著像故障的義肢，咕隆咕隆，排水孔持續發出飢餓的節奏，一隻老鼠張開黑亮的眼睛在他耳際小心嗅聞，長長的尾巴點綴著長長的細毛！

（被下藥了嗎？）

（啪）

（啪啪啪啪）

頭痛欲裂。門外電視傳來連續劇的激情：「我不怪誰不怪誰！是我和你們沒緣分！」

「不，都是媽的錯，小雲聽媽說，當年如果不是家裡眞的沒錢也不會……」

「我不聽！我不聽！」

「小雲！」

碰！

日常虛構的事物被全面架空，在另一個更虛無的世界裡不斷搬演，戲劇性的細節卻往往比現實還要眞實，那些被捏造的、被旁敲側擊的一切，在無中生有的底蘊裡延展出它們迫切的脈絡，並加以印證，直到面目成真。

「所以說，你必須先去找你弟弟、找法院、找稅務機關……」

「所以說……」

「關於這個稅款啊……這就是法治社會的好處對不對？」

女人呢？

他覺得好疲倦好疲倦，快要闔上眼的時候，聽見妻在耳邊說著——他們全身濕答答地站在門外——我嚇了一跳說，爸、媽快點進來，你們這樣會感冒啦！剛開始，我沒發現他們其實都赤著腳，爸的褲子還裂到這邊來了咧！妻指著自己的大腿說，然後啊，他們突然跪下來向我磕頭，一面哭著說，秀珍，以後這個家全靠妳了，我那兩個兒子恐怕就當沒有了！好不好，妳上樓給爸媽拿件衣服下來？好冷！真的好冷！

妻說，媽的嘴唇都發紫了，嘆了一口氣，吐出一枚牙齒、又一枚牙齒，大霧在她腳下遲遲不肯離去，最後她捧著滿手的白色牙齒跌入白色的濕潤之中……

他很緊張地問妻，那是什麼意思？爸媽在夢裡的衣服是什麼顏色？

「我怎麼記得啊！」妻翻過身，像日本傳說那樣嘩地從背脊中央迸出一張長滿利牙的大嘴！

整塊墨黑倏忽襲湧過來，荒涼的海面載沉載浮一枚碎花泳圈，他拚命地抬腿揮臂，像一場華麗掙扎的舞蹈，記不記得其實都無所謂。

只有那一次，在北部服兵役，打算返家休假，他母親在電話那頭不厭其煩地說起快過年了，你阿弟辭職了欸，好像這個禮拜就要回家拿書返去台北準備考試唷。他詫異著，怎麼會呢（他弟弟從小到大就是第一志願、第一志願、第一志願的高材生啊）？

也就是這時候，他母親開始出現鼻音（劇情急轉直下地），說，他也不願意這個樣子啊……不要逼他，他也有他的苦衷……他母親說到後來幾乎哭出聲來，他錯愕著，一面安撫一面揣想，他弟弟不需要當兵的理由，會不會是身上哪個零件報銷了？

「這幾年……」終究還是攤牌了：「媽實在不想再硬撐了。」

彷彿冬季裡的夜晚，和妻走過幽森的公園小徑，她說起一個和她母親在廚房洗碗的午后，就著陽光大好的明亮，她突然把她心底那個像石頭一樣堅硬的多年困惑拋擲出來：「爲什麼從小到大，所有的人都愛著大姊？爲什麼全部的好處都給大姊佔去了？」妻問她母親，會不會我是從垃圾桶撿回來的？會不會其實我不要被生在這個家裡比較好？會不會——妻的母親很冷靜地把話聽完（她們早已停下手邊的動作，一致望向窗外了），然後看著全家唯一一位發胖的小女兒說：「偏心偏心——人的心臟本來就是偏的啊。」

原本面無表情的妻，這時候異常激動地哭泣起來，**我死給你們看！我死給你們看！**

——這時候，他一個踉蹌，踩進一窪爛泥底，鞋子的前緣爬滿了密密麻麻一扭一扭的生靈，仔細一看，一雙充滿潤澤的眼睛陷溺在一隻貓身上，千萬的白蛆在其上發光！

他緊握妻冰涼的手。

「如果可以的話，下次再回來好不好。」他也把這句話默唸了一遍。

「不想再硬撐了。」他又把這句話默唸了一遍。

爸爸。媽媽。哥哥。弟弟。爸爸是高中老師。媽媽是小學主任。哥哥研究所畢業。弟弟一出校門就成爲科技新貴——爸爸起床做早操，媽媽起床掃庭院，哥哥弟弟快樂上學去——不就是極其平常的家庭生活嗎？外人看了會說：「欸，陳老師，恁家是怎麼教的？讀的兩個碩士欸！」又說：「恁好命啦，準備抱孫囉。」還說：「厂ㄡˋ，天公眷顧，恁家的神主牌免擦都會發光咧！」

他們每天洗澡、看報、讀書，他們是光明美好的一群，他們向上、積極、進步，他們理應幸福、美滿。

「螺絲什麼時候鬆開的？」

「無可奉告。」

「眞的都沒人知道？」

「無可奉告。」

「關於爆炸的原因……」

「無可奉告。」

「罹難者家屬……」

「無。可。奉。告。」

流質性的光澤。原本以爲伸進手去會有大片淋漓的幸福，卻赫然發現指間遺漏的全是溫暖的血，底下漸漸漸漸浮現一雙手、一條腿、一隻眼睛，嘩啦嘩啦的陣陣漣漪。漸漸漸漸，他母親坐在床沿的形象變得清晰了，模糊了，欲言又止地提起在圓環那邊買下一幢公寓，四十幾坪的房間欸，「什麼都有！」

他正納悶著他母親背後的牆漆如發泡的皮膚，柔軟地生出一圈一圈的疙瘩，而他母親說：「反正，你遲早也是要到外地念書的，現在你和你弟弟『這個樣子』……不如，先學著獨立吧。」言下之意，就是希望他「搬出去住」了。

光霧明滅。他母親的視線始終未望向這邊的，深長的影子露出不規則的空洞。

「媽不想再硬撐了。」

乾燥的嘴角一張一闔，他發覺這一刻他母親好老好老。遙遠的窸窸窣窣的抓搔，是他母親緊張時刻的剝指甲？不，是他死揉褲縫的下意識？也不——似乎是攀牆懸空的死命掙扎，救兵不會來了，底下不識相的傢伙卻仍要你再堅持一會，再一會就好喔，蜜裡調油的表情一看即知說謊了，然後你絕望了，放盡力氣，鬆手，躍下——

媽媽……

一個對決的夜晚，他父親說，你們兄弟知道你媽爲了你們的事哭了多少次？你們知道，她也有不知所措也有抓頭髮捏手心的時候？她也有傷心欲絕想自殺的衝動？她不知道怎麼解決不知道爲什麼會發生這種事在學校裡沒有一個學生她教不好沒有一個孩子不怕她可是她在家裡卻——

媽媽。

彷彿戀人間私密的召喚，他感到不忍。

傷害的，被傷害了的力量無聲無息，時間的斷代卻再也找不到確切的分野。遠遠望見孤單的背影手舞足蹈，最明亮的瞬刹——又一個浪頭撲下！他母親奮力用手去撩撥，濕潤的眼神一如每個夜裡哭了又哭，脾性剛烈的母親呵，就算面對父親的孩子氣，她也只是淡淡地丟下一句：

「如果沒有緣分，那就離了算了。」

離了算了。

她明明在逞強不是？但此刻她爲何不肯叫出聲來？

（媽眞的不想再硬撐了。）

（媽眞的——）

碰！

嗶嗶剝剝。凹癟的飲料鋁罐被丟出窗外，一閃一滅的訊號燈穿透雲層闇與白的交織，恍恍惚惚的夜行飛機。

「做噩夢了？」女人踩著喀喀喀的高跟鞋走近——在PUB廁所門口相遇的時刻，雄性的眼睛直直勾著她胸前神祕的黑溝，美洲豹溫柔的囓咬——但她欲擒故縱，濕潤的鼻子頂觸著他，偶爾回頭反咬，胯下原始的腥臊散發最後致命的一擊！

「喂，窮鬼，這麼窮也敢出來玩喔？」女人邊喝啤酒邊張開腿蹲下，在他身旁很仔細地打量他的肉體：「哇！你這裡長了一顆痣耶，好好玩喔！」她的小指頭勾搔著他的鼠蹊深處，一陣酥麻的顫抖衝到他的喉頭。

媽媽……

「喏，這裡有一百塊，給你坐車回去！」女人瀟灑地背轉過身，扔掉啤酒罐，叮叮噹噹拎走他的手機、錢包、鑰匙，臨去前又從房間的冰箱裡取走一瓶礦泉水。

碰！

突如其來地，他有一種被徹底遺棄的孤絕，連日來奔波於各個公務單位之間，只爲完成那最後一次的託付（是他母親撮合他們兄弟僅剩的預謀嗎）——他們共同生活在一個屋簷下，沉默平行，透明的翅翼永遠碰觸不到彼此，只有保特瓶的稀薄，他們互相拍打著堅韌且柔軟的瓶身，刺耳的刮磨發出近乎受傷喘息的哀嚎，但他們不知所措，他們絕望以對。

他還沒有撥電話給他弟弟呢。

他甚至不知道他的聯絡號碼。

他住在哪裡？

他喜歡什麼？

他有女朋友嗎？

女朋友每天晚上是否也作著同樣的噩夢？

有幾次，他忍不住大喊起來：

「我怎麼會有你這樣的弟弟？」

（「我怎麼會有你這樣的哥哥！」）

他們之間的決裂……

臨行前，他母親半開玩笑地說起好像應該要去銀行弄個保險箱比較保險ㄏㄡ，畢竟是第一次出國嘛？

又說，這個月的內標都已經繳齊了，至於那個外標——欸，他母親輕輕拍著簿子斥責他，怎麼跟你說都沒在聽，到時候出了事要賠「好幾萬」你知不知道？這個會錢——他叫嚷著知道了啦，不就是去日本玩幾天，有什麼好大驚小怪的？

他母親摘下老花眼鏡，慎重其事地，抬起頭來望著他許久許久。

他被那肅穆的眼神愣住了。

「那個房地產、印章、存摺……」他母親說：「那些，你爸爸統統藏在書房的那個相框……你弟弟在北部很久沒回來了——知否？這些只有你一個人知道，如果出了什麼事……」

他驚訝地發現，他母親眼眶竟微微泛紅，她不是那麼情緒化的女人，可是這一次她竟如斯激動。

碰！

門最後全部關上了，原先沉默的小旅館重重吐出一聲嘆息。

又一架夜行飛機穿越窗口。疼痛慢慢淡出胸口。一朵藍色百合花自天花板跌落，搖盪——他以爲是錯覺，卻聞見甜蜜的濃郁——一伸手，消失了，毫無阻力的飛燦泡沫！水聲無止無休，波光粼粼中，熱氣翻騰，他母親不知何時來到他的面前，而他弟弟在一旁吵著要玩唐老鴨。

（您……）

他發覺他和他弟弟正浸泡在注滿熱水的浴缸底，而他的身體變得又瘦又小。年輕的母親問：「水燙不燙？」然後解開內衣，擾亂了一室光影（他依稀聽見那金屬釦環瞬間彈跳的清脆聲響）。一盞霧面燈泡懸在他母親舉臂挽髮的曚曖之上。幼小的蒼白的乳。略顯下垂但圓潤的臀。腿脛。層層皺褶的腳踝。

私密。

彷彿隔著一整塊厚重的毛玻璃，他的記憶完全無法穿透眼前的畫面而顯得更爲清晰。在他的印象裡，始終是他母親咬含著一只髮圈，一面回頭望向他和他弟弟（他當時勃起了嗎）

——他母親似笑非笑地看著鏡中的臉，打水，極其緩慢地將蜂蜜肥皀搓出泡沫，時光停留在肌膚與肌膚之間的滑膩。

浴缸裡的水溫開始寒涼起來。他和他弟弟就那樣不知所措地坐在狹小的空間底，滴答，滴答……

滴。

（ㄏㄚˊ）

（您說什麼）

（他母親幫他們洗澡的時候，他的手腳正不斷抽長）

（您發現我肚臍以下的黑茸了嗎）

像是電影散場時的乍亮，時間迅速漏逝，鏡頭倏忽聚焦至他和他弟弟共同打開銀行保險箱的皺眉凝視——啪！啪啪啪啪！一團熾熱赤豔的火球朝他們猛力衝撞過來！啪啪啪啪！

啪啪啪啪！

啪！

心瓣膜。

啪啪啪啪！

眼珠。

啪啪啪啪！

玻璃碎片。

啪！

舌根。啪！

渦輪啪！啪！

啪！啪！

啪啪啪啪啪啪啪！

啪！啪！啪！啪！啪！啪！啪啪啪啪啪啪啪啪啪啪啪啪啪啪啪！

啪啪啪啪啪啪啪啪啪啪啪啪啪啪啪！啪啪啪啪啪啪啪啪啪啪啪啪啪啪啪！啪啪啪啪啪啪

啪

啪啪啪啪啪啪啪啪！啪啪啪啪啪啪啪啪啪啪啪啪啪啪啪！啪啪啪啪啪啪啪啪啪啪！啪啪

啪啪啪啪啪啪啪啪啪啪啪啪啪！啪啪

啪啪啪啪啪啪啪啪！啪啪啪啪啪啪啪啪啪啪啪啪啪啪啪！啪啪啪啪啪啪啪啪啪啪啪啪啪

啪！啪啪啪啪啪啪啪啪啪啪啪啪啪啪啪！啪啪啪啪啪啪啪啪啪啪啪啪啪啪啪！啪啪啪啪啪啪

啪啪啪啪啪啪啪啪 啪啪啪啪啪啪啪啪啪啪啪啪啪！啪啪啪啪啪啪啪啪啪啪啪啪啪啪啪！啪啪

啪啪啪啪啪啪啪啪啪啪啪啪啪！啪啪啪啪啪啪啪啪啪啪啪啪啪

啪！

啪　　啪啪啪

啪啪啪啪啪

啪啪啪啪啪啪啪啪啪啪！啪啪啪啪啪啪啪啪啪啪啪啪啪啪啪！啪啪啪啪啪啪啪啪啪啪啪

啪啪啪啪啪啪啪啪啪啪啪啪啪啪啪啪啪啪啪啪啪啪啪

啪啪啪啪啪啪啪啪啪啪啪啪

啪！

啪啪啪啪啪啪啪啪啪啪啪啪啪啪啪！啪啪啪啪啪啪啪啪啪啪啪啪啪啪啪！啪啪啪啪啪啪

啪啪啪啪啪啪啪啪啪！啪啪啪啪啪啪啪啪啪啪啪啪啪！啪啪啪啪啪啪啪啪啪啪啪啪啪啪啪！

啪啪啪啪啪啪啪啪啪啪啪啪啪啪啪！啪啪啪啪啪啪啪啪啪啪啪啪啪啪啪！啪啪啪啪啪啪啪啪

啪啪啪啪啪啪啪！啪啪啪啪啪啪啪啪啪啪啪啪啪啪啪！啪啪啪啪啪啪啪啪啪啪啪啪啪啪啪！

啪啪啪啪啪啪啪啪啪啪啪啪啪啪啪！啪啪啪啪啪啪啪啪啪啪啪啪啪啪啪！啪啪啪啪啪啪啪啪

啪啪啪啪啪啪啪！啪啪啪啪啪啪啪啪啪啪啪啪啪啪啪！啪啪啪啪啪啪啪啪啪啪啪啪啪啪啪！

啪啪啪啪啪啪啪啪啪啪啪啪啪啪啪！啪啪啪啪啪啪啪啪啪啪啪啪啪啪啪！啪啪啪啪啪啪啪啪

啪啪啪啪啪啪啪！啪啪啪啪啪啪啪啪啪啪啪啪啪啪啪！啪啪啪啪啪啪啪啪啪啪啪啪啪啪啪！

啪。

「笑一個，笑一個喔！」

（媽媽）

盈盈的笑臉變形扭曲：「看哦，ㄉㄧˇㄉㄧˊ，ㄍㄜˇㄍㄜˊ！看鏡頭喔，師傅要照了哦，來，笑一個！」他側過頭去，發現一隻厚實的掌心摟著他的肩頭，他父親的額頭開出一朵小花，一隻蝴蝶停佇在他母親微揚的嘴角，而他和他弟弟背地裡頑皮地小指勾著小指，光照刺眼，他還使勁捏了他弟弟的手心一把。

一幀全家福靜靜地擱在保險箱角落。

他們揭開相框的同時，漆黑的焦味不斷伴隨著木屑一一墜落，灰燼彈跳如滿天蕈孢翻騰流散，連帶一張單薄的紙條緩緩地，緩緩地飄飛起來……

——原載於二〇〇四年三月《印刻文學生活誌》創刊第七期

千里

站在我面前背對著我的那個男人，他是一個禿頭胖子，他突然回過頭來衝著我笑，嘿嘿地露出兩排黃黑的牙齒：

「你也被吊？」

我愣了愣，同樣報以一個會心微笑，努力裝出一派輕鬆的樣子：「欸，機車。」

「機車啊！」禿頭男人沉吟：「哇咧——八百五？幹！早知道下次就騎機車了！」

他咒罵著，一面悻悻然把鈔票丟進窗口裡。

窗口上方的燈管嘰嘰亂叫，跳動的光痕映在青灰斑駁的鐵皮屋間隙，顏色慘澹，愈發顯出炎熱夏季壓迫性的不確定感：一整排擱了雨衣的三人座沙發、單人書桌、一隻露出棉絮的紅色塑膠椅——椅墊上一架小型黑白電視，電視裡說著：「大腸包小腸，人生無常啦！」——人群又向前挪移了一步。

一位裝扮入時的女人自我們面前喀喀走過，皮膚油亮緊致，像張假皮——一位螢光幕上的長髮明星這時候睥睨：「你，看得出來，我每天只睡一個小時嗎？」

曝亮與鬼影的交會。

車前燈突然放大的刺殺，黑魆魆的屋樑底下幾隻小蟲撲翅飛升，極薄極薄的流金，說是八十燭光哩，居然就這麼點亮？我身後的阿伯順著我的視線望去，下意識暗咒了一聲。

我想起更早之前，發現車子消失無蹤時，同樣也是這般罵罵咧咧——在那座殯儀館前，在地上依稀可辨的幾行大字之中，四周的光線、氛圍什麼的，皆生生滅滅、恍恍惚惚起來。

這時候，我哥哥走到我面前：「被吊了？」

我尷尬地朝他笑了笑，表情應該是帶點羞赧而不知所措的吧，總覺得自己的情況有些滑稽。

我哥哥低下頭，嘆了口氣，體己地拍拍我的臂膀：「要不要，我送你一程？」

我望著他浮現在光霧裡削瘦的臉龐，他油亮的額頭有些禿了，我突然很想對他大喊：你說話的樣子還眞像我們剛死去的阿爸耶——什麼「送你一程」？這裡可是殯儀館喲，說這話可是要觸人霉頭的！

我這麼激動著，卻安靜順從地跟隨我哥哥坐上他的載卡多貨車，旋離那涼風颼颼的蒼白所在。

「阿爸的事，先暫時不要告訴阿母。」我哥哥說。

我聽得出來他話裡包含的命令語氣，識相地應了聲：欸。

肥胖的雲層向後隆隆奔跑，雷一道道打在路的盡頭，世界一明一滅像一座大型的炫爛舞台，我哥哥扳動雨刷，不由得嘆著：「這樣的歹天氣……欸，阿爸的事……」就算說出去——又有誰會願意理解誰願意相信呢？

這麼多年來，這已經不是第一次了，所有人都習慣了我母親在這類重要的時刻裡缺席，雖然大夥都盡力裝作船過水無痕的樣子，可是仍然會有人問起：「啊你們家……最近，是變得怎麼樣了？」

還能怎麼樣！

車子緩慢行至中華路與健康路的交叉口，窗外遠方的煞車燈或明或暗，一朵朵綻開了又凋謝的小花，夜闇中透過擋風玻璃一點一滴模糊了餘韻。

「別哭了，阿弟。」

（是我哥哥的聲音嗎？）

模模糊糊中，一切像極了透過雨天的陰鬱視線——不知道從什麼時候開始，換作是我抓住方向盤在迷宮似地小徑裡奔馳——而我哥哥早已蜷縮在駕駛座旁，呼息的嘴角懸掛長長的眠夢。

嗡嗡嗡嗡。路旁又有車子被拖吊的哀鳴。一對情侶蹙眉斂目，女人對男人吼著：「我有沒有對你凶？我有沒有對你凶！」一隻狗淒厲吠叫，紅色的腸子黏在柏油路中央。

嗡嗡嗡嗡。方向盤皮革與手指摩挲的暗語。嗡嗡嗡嗡。冷氣孔颼颼的寒涼。嗡嗡嗡嗡。那近乎潔淨封閉的透明包膜以致產生幻音的微微錯覺。

「先生，先生？」

扁鑽刺穿玻璃的滑膜柔軟，蜘蛛網碎片，曝白的光亮向後飛燦成花，耳邊營營的水聲好久好久才散（眼皮怎麼會這麼重呢）。我掙扎著撥開一片渾沌，蹬腿划行，更大的氣泡在張臂的同時淹溺每一吋視線——衝進海底了？

我這麼驚詫著，努力嘗試把車子停到路肩，然而無論如何扳不動閃光號誌，車前燈筆直尖銳，越過路面護欄之後顯出黑暗裡的幾張面孔——我母親鬢角淋漓地大喊：「ㄠˊㄠˊㄠˊ！」（那是什麼意思），我父親笑咪咪地抓著救生圈上的小鴨頭，只有我哥哥突然睜大了眼，突然清醒過來地，要他們立刻把衣服穿好，「別再演戲了！」

別再裝了。

是啊，眞的好累好累哪。把腳尖升起，放下，升起，再放下，手心伸到最遠的範圍，骨骼發出咯咯咯的輕笑——如果能夠遠離地面，視野會不會變得更不一樣？家。同一個屋簷底下的所有情節，誰還在乎？

「先生，先生！」

女人用力拍打著車窗，細小的眼睛生出一雙幼獸的黑瞳，彼此距離過寬地暴露在白色的漁夫帽與口罩之間，一截大象鼻子鑽出她的腋窩，迅速揮趕著炎熱的夏季。大象的灰色耳朵啪啪啪，灰色的淚水汩汩湧出，「你們，」女人扁平的面孔逐漸朝玻璃貼近，咻咻的呼氣疊成破碎塊狀的緊實白霧，「你們，擋住我們的去路了！」

是夢嗎？這麼眞實，可以聽見大象嗚嗚的低鳴，甚至糞便的青草味；可以感覺到風輕輕地吹，汗珠凝凍臉龐欲滴未滴的刺癢……我母親粗壯的手臂舞動芭蕾般浮出水面，「ㄠˊㄠˊㄠˊ！」（她還高聲叫著），我父親優雅地朝後仰泳露出愚蠢的小鴨頭：「看哪，玉芳，看哪，我在飛喔，我在飛呢。」

四周的湍急迅速沉靜下來，珊瑚礁悠緩擺動，小丑魚的尾鰭發出淡淡淡淡地紅光，掙扎掙扎掙扎，水面湧起紛繁而搖蕩的光塵。

「媽媽。」

（這是您設下的幻境嗎？）

我又看看一旁昏睡的哥哥，他皺眉的眼瞼，倔強的下巴高高隆起——突然輕笑起來——和我父親在夢中相遇了嗎？說些什麼？會不會同樣是殯儀館角落的熊熊燄光中，他哀淒地對我說：「死了！」（這不是廢話嗎？）或者穿越迴音四壁的長廊，在廁所解手的空檔，他使勁甩動濕潤的雙手說：

「怎麼辦？阿爸生前欠下的那些賭債怎麼辦？」

是啊。好轉醒啊。大兄，大兄。我忍不住伸手推推我哥哥，他單薄的肩膀透明如翼，彷彿散掉了硬掉的蟬蛹（每年臨到盛夏，必須脫殼、鳴叫、交配，然後死去的短暫壽命）——

怎麼會睡得如此深沉呢？我納罕著。大兄，大兄。我又試著叫了幾聲，漁夫帽女人身後那隻不安分地大象露出皮鞋似的晶亮瞳孔，牢牢朝這邊盯看。

大兄大兄，好醒了好醒了，車子撞到收費站了啊。大兄。我的手心沁出汗來，一顆心跳得飛快，頸部僵直著不敢偏過頭去張望。漁夫帽女人的神情越來越激動而憤怒，拚命擂著車身砰砰作響，流光飛馳，象蹄的腳步雷一樣踩在無邊的夜色。

隆隆隆隆。

隆隆隆隆。

您同樣也在哪個不知名的城鎮裡奔跑嗎？母親。

從懸崖躍下的同時，從夜闇的菅芒叢離開，那些機車後座的風聲、交換的眼神，末世來臨之前，雲層底下的暗礁是否將有激起狂怒的潮汐？單薄的步伐，寂靜的迴旋，迢遙的公路上是否有人與您分享沉重的背包？

母親……我奮力抓著方向盤，期望擺脫漁夫帽女人的糾纏——多少次夢裡，我置身類似的畫面中：筆直的空無一人的廢棄跑道終點，我騎著一輛中古腳踏車奮力向前衝，天色烏鴉鴉地壓垮地面，有人從身旁側過頭來大叫：

「ㄏㄡˊ，楊政宏，你媽媽跟別人跑了喲！」

「你媽媽喔——嘖嘖。」

「你媽媽沒有給你零用錢給你買小叮噹書包對不對？」

「你胡說！」幾乎要把肺喊破的，我驚愕地發現他們每個皆跨騎著一頭大象，喔喔喔地彷彿一名快樂的小泰山，直直朝遠方山丘上的那架倒栽蔥飛機奔去。

「再追也沒有用啦，你媽媽跟別人跑了啊！」

隆隆隆隆。

媽媽。

隆隆隆隆。

我把車子停在一處加油站旁，漁夫帽女人和大象越跑越遠，最終超越了我們的視線，細小的塵沙聚攏成濃密的霧障，臨去前，女人突然回過頭來，意味深長地露出絕望的表情，整條道路被獸的巨蹄踢得到處都是氣味。

我喘口氣走下車，發現保險桿上方狼狽凹陷，四周的生界也像破了一個大洞，嘓嘓嘓的噪響。

「有時候就是這個樣子對不對？」暗處裡，拿著加油槍的男人盯住我：「就快下雨了，不是？」

「多肥美的牛蛙啊。」

「說起以前的時候……」

「所有人都睡著了，只有我們依舊清醒。」

我回過頭去，發現我哥哥的一張瘦臉凝凍在擋風玻璃裂開的蜘蛛網絡——跳動的眼瞼，屈肱抱膝，像貓一樣在座位上抽搐著腳（又夢見什麼了嗎）——不知道是不是角度落差的緣故，他起伏的身子看來好小好小。

「往南下去大約三百公里，據說現在的路燈全部都熄滅了。」

「千里尋母？」

「哈哈。哈哈。」

「我也有過這樣的念頭，可是，只要每次一動身，暴風雨就開始下，而且拚命地下！偶爾我悄悄行動，風照樣地吹！那個算命仙告訴我，死了這條心囉，你是法海、她是白蛇，怎麼鬥？下輩子投胎別再做母子了唄！」

「我說老弟，需不需要買一個保險套？」

我環顧四周，逆光的加油站後方像一座製冰廠，空地上堆疊著大批大批像壓碎的方糖一樣破爛的汽車；幽闇的廁所前斜躺著二具擁抱的男女，工讀生在收銀機前低頭打盹；紅色的海報張貼說明：「夜間自助加油，每公升便宜零點三五元」，一位摩托車騎士顯然一面加油一面闔上了眼，黑色的油漬布滿他凌亂的褲腳，以致他倒臥的姿勢看來像流淌了一地黑色的血。

「欸，你說什麼我聽不到！」傴僂的男人吼著。

「我不知道這是怎麼回事！很小的時候——大概這麼小吧（男人比了個手勢），這個地方也曾發生過一、二次這樣的事，全部的牛啊羊的——全都睡得昏昏亂亂，叫也叫不醒，直到有一個叫做什麼的……什麼來著的啊？」

（咦）

（這不是那個童話故事睡美人的情節嗎？）

（……）

（母親，是您再度設下的幻境嗎？）

我捏捏我哥哥的臉，摸摸他曲拗的腳掌，逐漸稀薄淡化的輪廓在他耳鼻擴散著，我看見他的頸後發出橘藍色螢光，擔心下一刻他是不是將要就此蒸發？

「你媽媽咧？」

「不知道。」

「你爸爸咧？」

「不知道。」

「你哥哥呢？」

「不知道。」

「你呢？」

「不知道不知道不知道。」

「幹恁娘咧！」

那樣竊竊私語地，模模糊糊聽見大人們談起「出家了」、「做仙姑去了」，完全不瞭解那個繁複異質的世界究竟起了什麼巨大變化？偶爾提議一年一次三跪九叩，從山腳下一路雙手合十到頂峰，所有人的膝蓋都磨破了。我緊握著我哥哥的手，只記得老師父的唇角一揚一落：「這裡沒有叫做玉芳的，要叫道清。」

「羞羞臉，楊政宏愛女生！」

「不是啦，是他媽媽不要他！」

「羞羞臉！」

好累好累哪。

（媽媽）

雲層團團挺著肚子，沉甸甸地墜入天與地的交界。晃動即逝的路標是一株株浮動的樹，紅綠燈開關都長出牽牛花，金黃色的油槽爆衝出金黃色的光芒，越過海面之後，這一次什麼也看不見——只有我哥哥嘴角的眠夢開始變得真實，好幾次我又差點撞上了收費站，我甚至偷偷期盼，漁夫帽女人和那隻灰色大象能夠再度出現。

如果，一直一直奔跑下去，世界的盡頭將通往何處？

「阿爸的事……」

披荊斬棘的騎士恐怕不會來了，沉睡的世界無限擴大，譫語，我哥哥越來越透明的肩胛……我像趕著砍劈怪獸的闖關小兵，拚命飛馳在這夜闇的道路上，胡亂探索，想抓住點什麼……

「楊政宏，你媽媽咧？」

「去美國了。」

「亂講！張國良說他昨天在關帝廟的後街看到她！」

「嘻嘻，後街！」

胡說胡說胡說。

無止無盡的黑闇在眼前形成極大的深淵。玻璃窗上印疊著濃眉瘦臉，彷彿回到我父親著迷於高速公路上漫無目的奔馳的那一陣子，出發前他興高采烈地詢問我們：「需不需要禮物？」（奇怪的是，獨獨漏掉我母親那一份）

每個禮拜五，他坐上那輛蘋果綠的小喜美，固定從北部發車到南部——我們以爲他千辛萬苦費盡力氣地張羅打點，卻只有我哥哥清楚知道他去了哪裡——

他說：「阿爸去『打砲』！」

（所以說，那時候，我父親和我母親的，他們的感情就已經觸礁了嗎？）

那樣每個禮拜固定不變的行程（我哥哥說，「我跟蹤過他。」），我父親看見的是冗長的海岸抑或一塊一塊廢棄的田地？他輕哼的歌曲，在哪個路口下車吃了什麼喝了什麼，他最愛的顏色和食物——還有，他下榻的旅館，在等待女人敲門的空檔，內心的景觀？

（「他比較偏愛胖胖的女人，眞的。」我哥哥說）

輕輕踮起腳尖，放下，再放下，女人安靜優雅地撫摸凸起的乳尖，深色的背脊，後頸，層層皺褶的腋下，肚臍，緩緩緩緩溢出的水珠，淅瀝淅瀝——母親，這是您全部的形象嗎？破裂的聲音。

開始衰老的氣味穿過狹仄的甬道，眉頭蹙鎖，因爲消瘦而失去光澤的手臂——那時候，您已經不太開口說話，往往轉入臥室之前，聽見咚咚的木魚迴響，桌上擺著一本紅色經冊：「無眼耳鼻舌身意，無色聲香味觸法……」

那樣寧靜肅殺的時刻，與佛對峙。與冥思交換。

我敲敲門，像踩碎寄居蟹殼般地踩響木質地板，您自逆光裡回過頭來：「你爸爸呢？」

（心無罣礙，無罣礙故，無有恐怖，遠離顚倒夢想……）

「他會不會再也不回來了？」

（故知般若波羅蜜多是大神咒是大明咒是無上咒是無等等咒能除一切苦眞實不虛……）

我始終納悶著那幾年的陰闇裡，究竟發生了什麼事？我試著打開身上全部的小耳朵，漏逝的情節終究漏逝了，眼前拉長了又縮短的景深，穿越這一切模糊，背後會是巔絕的懸崖嗎？

又把車停在一棟建築物前。

又是漆黑的廢棄陰影。

穿著蕾絲睡衣的肥胖女人走過來，挑眉噘嘴：「就是你，等你好久了囉！」

「可惜你媽媽不在了。」

「前幾天，我還想起她哩。那麼熟悉的背影，曾經互相在廚房走來走去借鹽借醬油的老朋友，突然搬家了，離開鎮上了，從此失去聯絡──那樣幾乎以生死交心的二個人哪……」

「你一定不瞭解，你母親是怎樣的一個人吧？」

「來吧。」

那時候，我哥哥已經萎縮殆盡了。

我被強拉著進入一間光照稀薄的小房間裡，肥胖女人突然咕咚跪到地上，二條皙白的小腿一如白蘿蔔的晶亮，極度繃緊的腳筋，腳踝有些污黑的，她開始動手脫我的褲子。

「羞羞臉，楊政宏愛女生！」

「沒有用啦，找不到的啦！」

「羞羞臉！」

「我沒有！」

「沒有用啦！」

「我……」

「……」

啊？

「先生，先生？」

（是漁夫帽女人嗎？）

「先生，先生！」

（關於那隻亞洲象……）

「阿爸的事……」

先生，先生，好轉醒啊。

好醒啊——

好醒啊哪。

電視上，睥睨的長髮女人又吹了口氣，我感到耳根一陣發癢，輕笑地躲開，卻砰一聲跌落地上，起身時，發覺濕涼的體液又黏又滑，從褲襠底下爬過鼠蹊。

（是夢嗎？）

我環顧四周，擱了雨衣的三人座沙發、紅色塑膠椅棉絮、黑白電視，那個禿頭胖子氣喘吁吁地奔過來說：「耶？你怎麼還在睡覺？剛剛已經有一批車子拖進來囉！」

我看著他急急忙忙朝更遠更後面的那棟建築物跑去——一對情侶正在候選人看板底下偷擁吻，幾個氣極敗壞的駕駛人一不小心踩了一坨屎……似乎這裡是一個充滿奇異的地方：憤怒與懊惱的糅合，繁華與黯澹的對比，大門以外與大門裡面展現兩種截然不同的風景——而我的車子呢？

（我哥哥，他，他怎麼樣了？）

彷彿生命裡必須跨返的許許多多個關口，光明不一定長久，黑暗也不見得永遠。

我在黑闇中摸索前進，一名清湯掛麵的小女孩突然攔住我問：有沒有十塊錢？（這是另一個寓言或者另一個夢境嗎）我伸手到褲袋裡，掏出的銅板沾黏著一圈濕濡，然後小女孩笑著告訴我：你的車子很可愛喔。我順從著她的指示，找到我的車子——奇怪的是，竟是一部綠色小喜美！

我走過去，握住把手，像是廢置過久的棉絮稍一碰觸便浮塵騰升，我感到滿掌沾滿了黑魆的什麼，指尖似乎被拖曳著，越拉越長、越拉越長，堅韌的鋼絲的細線，那些牽絲絆藤的糾葛像麵條那樣整個被拉出來！

我們全家人一致輕躍在那條詩意的走索上，笑聲響亮，我和我哥哥、我父親、我母親，我們所有人手牽著手，在雪白飛舞的甩動之間跳得老高——我們注視著彼此如此親愛的眼神——又跳高了！在線與線的起伏錯落間，在我們時而滑跤時而互相踩腳的空隙裡，篩落了一段記憶、幾次交鋒、一對胳膊、一隻眼睛……

（那時候，我突然好想說，「我好想好想您們哪！」）

然後，我猛然催動油門，轟一聲，整個車內流洩出那樣一個傳說——

（英勇的武士劈開藤蔓，殺了火龍，輕輕在公主的額上一吻）

（輕輕在我母親的臉頰上一吻）

（「媽媽。」）

然後我笑起來——關於這個晚上，我們一家人所珍藏所擁有的什麼，緩緩地緩緩地漂浮起來，在空中，在遠方充滿了光的所在。

——原載於二〇〇四年一月十一日～十二日〈聯合副刊〉

（本文獲第二屆宗教文學獎短篇小說參獎）

之旅

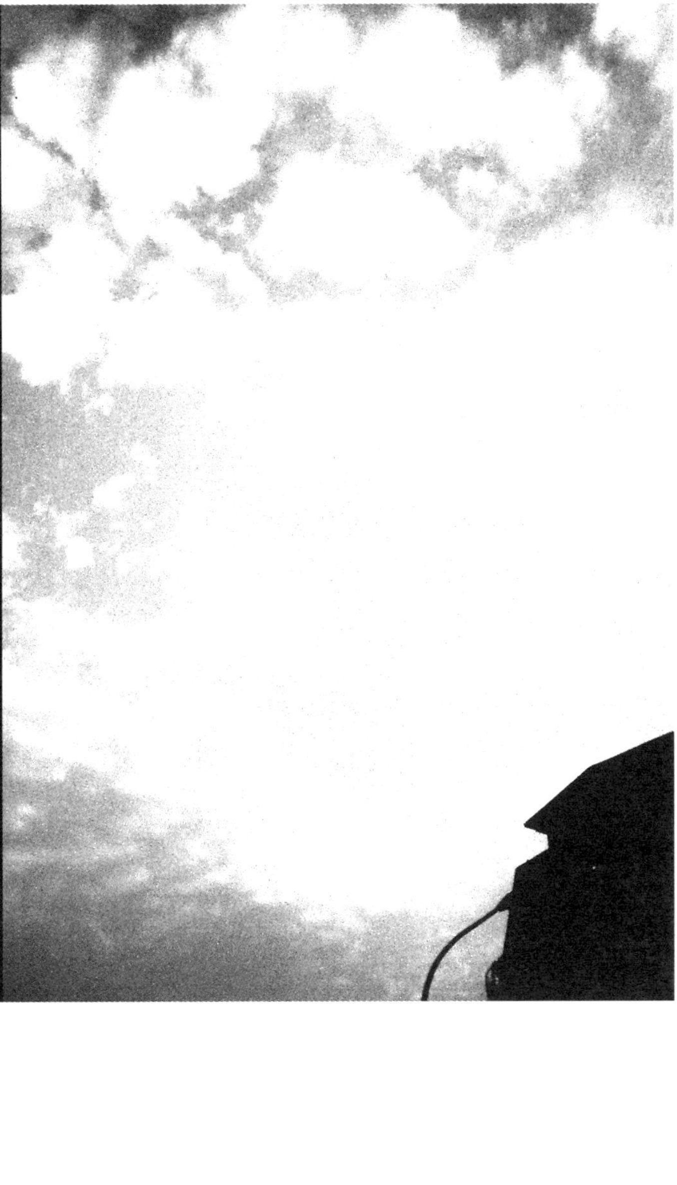

妹妹。好黑。

ㄏㄚˋ？

怎麼都沒有光？

現在到哪裡了？？（歎氣）

（浮塵飛擊，擋風玻璃清脆）反正，說出來妳也不會知道。

呼！（又深吸口氣），我剛剛作了一個夢，夢見自己差點兒死掉，全身的骨頭被紅色的牙齒一根根扯斷，眼前的一條野蟒好大好大！

哎唷，就叫妳不要胡思亂想有沒有？

來，放輕鬆（喇叭聲），沒有人會找到我們的。

這裡很安全。

（緊急煞車）

我們的旅程才剛要開始呢。

哼。

●

這時候，您緩緩走到我面前，突然一個跪下，說，爹知道錯了，這幾年沒有好好關心你們眞是對不住呵……然後，我也露出一個等同電視劇般的諒解神情說，「其實，」我哀傷著：「這也不能全怪爹啊，爹成天在外工作養家也是辛苦哪！」

我驚恐地，趕忙扶起您。那一瞬刹，您自膝蓋以降至整個腳掌皆盡散成灰！肩頸手臂一截截轟然斷落！眼耳口鼻窸窸窣窣蔓生出青森的藤，枯萎的速度令人無暇顧及時空的衰敗早已在我們之間形成……

不要啊。阿爹。

我在心底這麼大喊。長久以來，我其實多麼渴望親近您、害怕失去您。

（阿爹。您聽見我的聲音了嗎？）

您一定不記得了。那一次，我一路拉著您的衣角，從市集穿越男人的尿騷女人的花露水小孩的口水，天氣炎熱，塵沙不揚，您卻滿身清爽，走得極快極快。頃刻，我以爲自己跟丟了，手裏緊緊抓著一小片卡其布。

直到一處陰闇狹小的把口前，一名陌生男子突然湊下臉來，嘿嘿笑說小妹妹，老跟哥們屁股後頭作啥，敢情也想進來樂一樂？他的一張方臉毛細孔一張一縮，千百隻的小嘴！一口黑牙發酸發臭，教人吃了好大一驚！

我拔腿就跑，往反方向的街角死命衝，卻發覺您剛自另外一處更爲陰闇的把口離開，身旁攬了一名女子。太陽豔絕，女人的頭髮發光，顯得外邊的世界那樣明亮刺眼。

我試著出聲喚您，您撇撇眼，嘴角一張一合似乎想說些什麼，但終究沒有打算停下的意思，腳步同女人朝前蹬得喀喀作響。

我慌了，向前奔去，朝您一拍，滿掌是血！長髮女人忽地變成一塊尖邊鏽鐵，您猛然站住，手裏同樣殷紅漫漶，虎口握著鐵，鐵片之下遮沒一條見骨露肉的狗屍，青森帶紫、齜牙咧嘴，僵硬的尾巴緊緊被拽在您黑硬如鋼的指間。

「這一切，全都是爲了生活啊！」您緩緩回過頭來，眼泛淚光。

忒煽情了，阿爹。生活本身即是一場生吞活剝的推擠，您額頭的皺紋都能夠夾蒼蠅了呢。

（後來，您究竟如何處理那條狗的呢？還有還有，那個長髮的女人究竟去了哪裏？）

上回，我打街角走過，看見您正赤著胳膊站在拉几堆頂尋找什麼，一顆顆豆大的汗珠滑到您的頷下，大片濕濡的臂膀像山坳……當時我想，阿爹，那眞是您嗎？

那一整塊柔軟滑腴的，像沃土一般的泥濘，一步一個陷落的黏膩骯髒，在那之上高高佇立的一名蒼顏男子，他的肉體膨脹，他的指掌如斯巨大……阿爹——突然地，您一抬腿，一擊地，「嘰」一聲！您順手抹抹褲管，彎下腰，拎起，檢視，高舉——張口又是一聲！

您自黝黑的逆光裏側過臉來，朝我露出滿是毛絮的、鮮紅黏糊的牙齒，眼珠一點一點向外擴大，一截動物性的細腿自您黝黑的鼻孔啪啪鑽出……

（哇，好恐怖唷！那接下來呢？）

（欸，妹妹，我說這天怎麼這麼黑啊？）

（天眞的好黑好黑哪）

（呼）

阿爹。不知爲何的，這陣子我總是夢見您。夢見您一會食屍一會變成獸。夢見您笑著笑著嘴角嗤啦崩裂，頸脈全長出刺。又或者夢裏您什麼都不說，安安靜靜背著光，走過去一推，從頭到腳像一盤散沙那樣碎掉了、飛散了！

我尖叫著，醒來。

那代表什麼意思呢？是我忒想您，還是這些年來您之於我的怨懟終究實現？是我亟欲脫逃，卻不斷被您所象徵的那個家，猶不死心地架刀勒脖子逼著回去？

我實在倦了，好想好想睡。

如果可以的話，請您今晚不要再來找我了。

父親。

晚安。

●

說到這個，上次那個男的才噁心，做到一半，突然問我說：「當、當我的女兒，好不好？」——媽啦！屁股那麼黑、一顆肚子像籃球，誰要？

剛開始脫衣服的時候，他還好像煞到鬼，一面往下摸一面在我耳邊吹氣說：「要不要？」「要不要我們一起對著鏡子，打手槍？」

（叭叭叭！）

還有一個男的，要我穿套裝，又要我用絲襪——嘴裏喊著老師饒命我下次再也不敢了！眞是——而且像隻猴子，床上待也待不住，整個房間跑來跑去，累死人！最後要走了，說小褲褲可不可以留下來，我覺得好香欸？

拜託，一條一萬二的GUCCI！

這還不是最變態的啦。另外那個一面做，一面要我一起看Discovery，什麼無尾熊啦、蛇啦、大象交配啦，眞搞不懂，一般男人不都愛看解碼台嗎？

解碼台欸，大姊？

（窗外，有海呢）

所以說，我媽說，男人就是賤。

像小路，每次來找我，還不就是想那個？

男人嘛，都嘛是嘴上說說，說什麼「愛妳不是要妳」、「不想做也可以」，結果咧？媽的，講實在話，就算只想做「那個」又怎麼樣？

問題是，每次都自己爽，連好好吻一下也不願意，搞得像外面付錢的，算什麼？我又不是馬桶說——沖完水，拍拍手就沒事了！我也需要一點點不同的情調、一絲絲浪漫啊。

（看得見海嗎？這裏？）

（頭屋……）

（妹妹，我們真是在一座島上嗎？）

有一次，我抓住小路的手說不要啦，今天我們什麼都不做好不好？他在背後聽了似乎愣了一下，低聲問我說：「那，那我們現在要做什麼？」

我嚇了一跳。

像一齣原本很熱鬧的偶像劇，聲音突然被抽掉了，那些「我發誓」、「我願意」的激情也全部消失了，只剩下女主角和男主角空洞的眼神……那些，寂寞到不行的櫥窗Model……爲什麼就不能單純擁抱呢？爲什麼尋找一個可以依靠的肩膀那麼難？

我只是希望有人呵護、有人疼的感受嘛。

●

那是什麼地方？

那個畫著一小圈一小圈閃閃發亮的、一排一排彎彎曲曲黝黑的——岩塊？路標？逝而複返的五節芒？隔著車窗與車窗以外的速度及漆黑，隔著那些時斷時續迎面而來的車燈——

如果，能夠留住這一刻的寧靜；如果，能夠一直一直這樣持續下去，那該是一件多麼美好的事？

父親。

不久前的盛夏，您自陡峭的崖上縱身而下，濺起一地波光粼粼的水花與浪濤。而我站在崖後，注視您笑開震動的頸，跳躍的水珠流過胸口，細瑣的貝殼沙爬滿大腿，完全不像平時的憂鬱模樣……

河流湍急，游移的水蛇這兒冒出那兒鑽，灘上一窪窪灌水的坑，您擎起袖子，伸手往坑裏抓去，一面回頭興奮地嚷：「待會升火去！」

景泰藍。橘金。暮色豔豔，烘烘的熱氣映在潮濕的沙灘上，映照您赤裸的背脊淩擾幽微。

暗香嫋嫋，青森蜷縮，您削瘦的臉龐縱深晃動，這是一場欲望神祕的儀式。

「就快好了！」您的嗓音微微發顫，外地的觀光客等不及了，紅色的手指在鍋底瞎抓一氣，嘴裏嘖嘖的原始聲調是念咒必然的旋律。光影幢幢，一雙擦了粉的眼角上揚，緊緊勾住您微啓濕透的領口。

「師傅，這怎麼賣？」朱唇油亮，一口黑牙是一只黑暗的入口，黑色的蛇肉鑽過黑色的頸。

您未嘗作聲，粗大的手心牢牢摩挲，緩緩伸出幾根指頭。

（那是什麼意思呢？）

偌大的海邊，最後一幕是我手忙腳亂地翻攪鍋鏟，升火，木柴一直無法點燃，就連原先僅有的一點火苗也被強風掩熄。

我緊張極了，一顆心懸著您離開前的叮囑，一個人又是吹又是搧，半天仍不見焰光。這時候，有人走過來，問也不問，搶匪似地往鍋裏抓了便吃，唇下掛著粉紅連皮的蛇肉：

「什麼難吃的東西！」

我望著她們高傲的鼻孔，又看看自己指間狼狽的漆黑，不知哪來的勇氣，衝上前去——風沙疾疾，落日翻湧，眼前一尾尾水蛇退回洞口，整片沙灘只聽見一名小女孩哀切的哭聲。

（都沒有人過來關心你？）

我實在做不到哪，無法再度把火升起！

當時我這麼想著，父親，那個炎熱的午後，您後來究竟上哪去了呢？如果，如果您適時出現，會不會我第一次興起棄絕村里的念頭將就此打消？

會不會，我比較不憎恨您，而憎恨貧窮？

好幾次，我撞見您就著外頭的光吃飯，飯菜都涼了，廚房發出嗚嗚的風聲。我屏息躲在門後，內心感到無比涼意。每天天亮外出、天黑歸返，奇怪的是，家裏的困境從未因為您的操忙有所改善。

那天我禁不住好奇，尾隨您至拉几場，陣陣溫風拍到臉上，黑糊糊的漬液像黑色的水蛇，游移，拉扯，工人們吆喝的影子同樣拉扯，游移——整個拉几場上鬧哄哄的充滿，獨獨不見您高聳的身影。

我向人問起，所有人都搖搖頭，只有圍牆後的那塊空地上，可以瞥見黝黑的一只影子孤單游移、拉扯，兩枚碩大的肩頭斷斷續續兀自顫抖……我起初以為那是哭泣使然，輕手輕腳繞道過去，不意瞧見您——父親，您的褲管褪至腳踝，裸裎的大腿毛髮彼此糾纏！黑茸延伸至更為陰闇的雄性底下，而您粗厚的指節在那陰闇之中逆光飛翔，如一隻拍翅的鷹……

陽光熾豔，拉几場上的蒼蠅奮力飛升，透明的翅翼如黃金刨削的晶亮，嗡嗡嗡嗡，嗡嗡嗡嗡，震動的聲響彷彿要把世界猛力推倒！

（啊？）

我不記得那個下午是以何種眼神與您相認了。
我拚命地跑，一路想，原來您也是有欲望的人哪！
原來，您是再平凡不過的一名男人了。
父親。

●

濕潤的玫瑰。
（什麼意思？）
順著恥骨下去，這是大陰唇，這是小陰唇，這是陰核，這是尿道口，這是陰道——這是女性詩意的全部。
濕潤的玫瑰。
有人這麼形容過妳「那個」地方嗎？
（咦）
妳一定沒有試過對不對？
洗澡的時候，注視著自己肚臍以下的黑闇，一直看、一直看——水流經過、泡沫沖掉了，濕答答一片……然後，妳會覺得那皺皺的、閉鎖的陰鬱，那些，其實不屬於妳身上的一部分。

不信的話，妳可以試試看。

（那不是很變態嗎？）

這個發現是我媽告訴我的。

她說有一天，她披著浴袍走出浴室，突然撞見第四台正在賣那種噴了就會「緊得讓男人high到不行的」什麼液？大白天的，居然不加馬賽克就把女生的那個地方一五一十播出來了！我媽說，她看了差點沒有暈倒！

「那麼紅，居然像內臟一樣！」她簡直不敢相信那個跟了她幾十年的東西，就是長得這副德性！

她馬上找來一面鏡子，叉開雙腿，很仔細地坐在床上看了半天。結果誰知道，年紀這種事ㄏㄡˋ——我媽就是不信邪，拚命想弄個清楚，「喀」一聲閃到腰了，整個人趴在那裡（雙手雙腳分開，上半身向前傾的）——

她這樣奇怪的姿勢大概維持了一個早上，直到中午我回家了，趕緊叫一一九送她去醫院。

（那後來呢？）

我覺得她滿有實驗精神的。

像我自己，我就從來沒有仔細看過那個地方。小路跟我說，大部分的男人和女人，底下都是偏紅的，像小baby剛出生，全身上下紅通通，所以日語裡的嬰兒就叫做「赤子」。

他說，人類的皮膚顏色本來就是紅色。

（所以說，是紅色的玫瑰，不是濕潤的玫瑰，是嗎？）

說起來也是。那天我們激情結束後，他睡著了，那個地方變得好小好小，我鑽到被子底下，輕輕揉捏著它、撫摸它，它的樣子又皺又軟，看起來很像小朋友的形狀，兩旁濃密的毛髮卻像鋼絲，彎彎曲曲的血管一條一條爬在暗沉的皮膚上，散發出一點奇怪的味道，像什麼味道呢……我一路摸到底下更皺更皺的地方，鬆垮垮的、像火雞脖子一顆顆毛細孔凸起的疙瘩，手指一挑，上提了，再一挑，又上提了……

整個晚上，我就和它這麼面對面，撫弄。

我想，這就是男人的顏色嗎？男人的顏色是黑色不是紅色嘛。

我仔細揉搓著那些毛髮，自鼠蹊至腿脛，一撮一撮，月光圓滿，裸裎，堅硬而皺褶的腳踝……父親——我想起許久沒見的——我爸爸，他的那個地方，也是這個顏色嗎？

他同樣擁有一個極爲陰闇、極迴異於身體其他器官的東西嗎？

男人的眞正的面目？

親不知子。

●

車子旋過彎口的時候，光柱捅在整片的漆黑底，閃黃燈底下揭剝出一支路標。窗外很遠很遠的路的盡頭已經看不見了，只有五節芒的蒼白此刻搖曳於黑暗之外的黑暗。

如果在那之後完全沒有路？

如果奔馳到最後，迎面而來的是死亡？

如果──我們的記憶不再延續，阿爹，您會在哪個片段想起我、掛記我？

那是年紀很小的一次夜裏，您興沖沖地爲我套上襪子，帶我和媽上街夜宵，我雜在你們之間，半睡半醒，腳步走得糊塗，心底卻格外高興。

大排檔前，高高掛起的霓虹燈籠晶晶亮亮，捏麵人、糖葫蘆……人擠人、人踩人，整條街道鬧哄哄地像打仗，遠處搭了一張野台戲，穆桂英頭上的那顆水晶球閃閃發光，楊延輝正要拜別娘……您從底下遞上一串糖葫蘆，我舔著，彷彿要把夜吃掉。

然後，第二天醒來，我發覺手裏握的糖葫蘆竟是一串草。

（父親，那是您給的甜蜜夢境嗎？爲何如此眞實？）

另外一次，搭車進城，在風景區您差我買霜淇淋。我拿了錢，回程的路上高高興興捧著兩支甜筒，卻遍尋不著原來的位置，天氣忒熱了，霜淇淋從頂端開始融化，就連餅乾邊緣也逐漸變得濕軟起來。

我急急忙忙穿梭于一叢又一叢的矮灌木間，就在手上的霜淇淋完全融化前，我瞥見您冷靜的目光藏在一株樹後，如冰藍的鐵片——您跟蹤我、觀察我，清楚知道整個過程的細節！

我一個人拚命舔著手上不斷滴落的糖水，手足無措，兀自在原地哭了起來……

父親，說來奇怪，我總是想到這些近乎棄絕的畫面。總是孤伶伶地、焦急地被迫停留在一個不屬於我的空間，而我固執地以爲，您其實就在某個街角注視我——我的一舉一動、我的喜怒哀樂——所有的空白與塡滿，您了然於心，但您不打算畫下第一筆！

您保持沉默，您是置身事外的旁觀者。

（父親，這究竟是什麼心態呢？）

或者，根本沒有這回事，純粹出於我個人的幻覺——我們從未曾經歷過任何坦誠的交心，卻有如斯親愛的生活經驗？

如今回想起來，之於您的身世與記憶，如同闖入一處空曠的加工廠，成堆的魚群尙未斷氣，一張一合的嘴角掀露其中鮮紅的腮肉，眼神濕潤，空洞。或者將明未明的早晨月台，列車尙未駛入站前的清冽，冷空氣撞擊著金屬軌道，而我們無言相對。

父親，那次離開的時候（那是我們最後一次見面了），您突然回過頭來，問我：「如果有一天，我死了，妳會不會回來看我？」

我定定地站住，指尖握到肉裏，腳後彷彿生了根，心底默念著，除非我死。

除非死，我們的記憶將不再延續。

除非……

●

我不知道自己後來是怎麼忘記的？

那是我們國小二年級固定要做的一項檢查——在家裡的廁所，把拉在報紙上的大便，用牙籤挖一小坨塞到扁平的白色盒子裏，然後再放入一個同樣是白色的小紙袋，然後帶到學校交給老師，老師再送給衛生所，說是要做肚子有沒有蛔蟲的化驗。

（後來，還有一種用黏的，就是把那種像魔鬼氈的紙片貼在肛門上，說是要看肚子裡有沒有蟯蟲……）

結果，那天我書包裡的水壺打翻了，裝小盒子的（裡面塞滿了新鮮的大便的）紙袋弄得濕濕糊糊，等到完全乾燥的時候，紙袋已經是皺皺黃黃的了。

（像丟進廁所拉几桶的衛生紙？）

我們班導師一看，當場就往我臉上打了一巴掌，說：「范佩君！這樣的東西妳也敢拿來交給我？髒死了！」

然後我就當著全班的面，一直捏著那個紙袋，一直捏一直捏……

我要說的，就是那種被孤立的感覺。

一種需要被尊重、被愛的感覺。

太多的記憶了。

就像每個月收到我爸爸寄來的錢，我會想起他和我媽究竟分開多久了？我們一起去三義看木雕的事，他還記得嗎？還有每個禮拜吃那種用小籃子盛起來的活魚三吃、香草霜淇淋以及白沙屯西瓜……他是否仍舊放在心上？

（好黑啊。妹妹，我們究竟到哪了？）

（好多好多的山哪）

（呼）

他一定忘記了，否則爲什麼要丟下我和我媽？

也許沒有這麼悲觀。就算他不要我，我現在不也活得好好的？

「才怪！」小路要是聽到了會這麼叨唸的。

他會說，如果這麼灑脫，妳睡覺爲什麼不敢關燈？

我告訴他，因爲蚊子喜歡黑，我討厭蚊子。

上廁所呢，幹嘛不關門？

我說，裡面空氣悶，很臭。

那好吧，他說，睡覺的時候爲什麼需要那麼多玩偶？房間爲什麼總是亂糟糟？

「我只是不想一個人嘛！」我忍不住抗議：「太乾淨的生活會讓我沒有安全感！」

這算答案嗎？

我不知道。有一次，我看著小路，他蒼白的頭髮、肥肥軟軟的手臂，胸前像女人下垂的ㄋㄟㄋㄟ，我突然覺得他其實好老好老了，老得可以當我爸了。

我不禁問他：「將來——有一天，你會珍惜我們之間這一段嗎？」

他聽了，小小的眼睛亮了起來，興奮地說：「ㄏㄡ！妳是不是眞的愛上我了？」

我不知道。一個有婦之夫，一個……欸，怎麼說呢——我們能夠長久下去，無牽無掛地愛嗎？又，怎樣才算眞正的愛？

無論如何，我都記得小學一年級的時候，我爸爸替我送便當到學校，一位男同學氣喘吁吁地跑進教室，喊著：「范佩君！妳，妳『爺爺』在校門口等妳啦！」

他居然把我爸爸看得那麼老了？我顫著肩，第一次覺得傷害不著痕跡的刻度，直到桌椅被我掀翻在地上，直到我的拳頭打得流出血來……

終其一生，我愛著的人都會是您。爸爸。

（阿爹，您聽見了嗎？）

也許——

也許我只是隨便說說。

●

我們終究要走向哪裏呢？

那些不斷拂過車窗的，一點一滴的塵沙，那一朵一朵白淨的小花——油桐。茶。木雕。陶窯……好黑好黑啊，這天。最初來到這裏的人們，如何決定在此長住久安的？

（妹妹，妳離家多久了呢？）

（欸，爲什麼都沒有光）

我好想好想睡。

夢境裏有紛亂的顏色。巨大的眼睛四處窺探。壓迫性的空氣拚命奔跑，噠噠噠噠，噠噠噠噠，腳心起泡了，那對青森的瞳仁依舊竊笑。爲什麼您在夢裏也不肯放過我呢？阿爹。您到底躲在哪株樹後、哪個交通路口呢？您說啊！您說，爲什麼我總是感到背後有不同的腳步聲？爲什麼我始終覺得惶惶不安？

極靜。一架架夜行飛機越過上空，深藍的微光穿透雲層，恍恍惚惚的外星人幽浮。如果說，我此刻感到不由自主地害怕，阿爹，您會不會瞧不起我？

您從來就不當我是個女孩。

和您去捕蛇的夜底，您要我走在前頭，一次，兩次，鬼火搖蕩，野鼠在腳邊亂竄，我嚇得尖叫起來，而您默不作聲，手上尖邊的鐵剪篤篤篤地頂著我的背。

「只要你認爲對的事，就別退縮。」

（是嗎？）

但那已經不重要了。現在，我正一步一步走向黑暗的底層，和漆闇的背影搏鬥，有時候是肥胖的大腿，有時候是細瘦的臂，有時是白色的頸，有時是黑色的鼻孔黑色的眼睛黑色的嘴——更多的時候，是一整片浮在天花板上的肉！

我咬緊牙，奮力忍住內心的恐懼，以爲跨越了這層關卡終將與您平起平坐。

我以爲我會更加接近您，更像您。

（是嗎？阿爹，您會說我變得一不樣、變漂亮了嗎？）

●

記型胸罩——妳聽過嗎？大姊。

只要穿過一次，它就會永遠記住妳的胸部形狀，「永遠」喲——結果，我媽那個三八，第一次幫我買的內衣就是這個款式，害得那些男同學全色迷迷地在我背後喊：「吊橋！」

「吊橋」，就是騷貨的意思！

我當時很生氣，後來認眞地想，其實人生就是這個樣子嘛，誰敢說自己的骨子裡不騷？誰的心底會沒有任何一絲絲幻想呢？

我第一次走進賓館大門，櫃檯阿姨還嫌我年紀太小哩。

拜託，我嘛都十七歲了，老得不能再老了！SKⅡ都是用來喝的啊，根本來不及擦！可是她偏偏不相信，沒辦法，我當場就掀起襯衫領口、斜下肩來，她看了嚇了一大跳。

「夭壽喲！」

一條蟒蛇咬著一朵玫瑰，花瓣落在一把戰戟上——沒什麼，好玩而已，男人不都愛這一套嗎？我想，我會不會天生注定就是幹這行的料？雖然第一次我還是ㄍㄧㄥ了一下，不過那個男人頭髮沒禿、肚子也還算結實，叫他去洗澡，他還緊張得不知道該怎麼脫褲子呢！

我問他第一次來？他說家裡有四個孫女囉，年紀和我一樣大，所以覺得罪惡感——媽啦！出來玩就出來玩，講那些狗屁不通的理由裝清純，幹嘛？結果呢，上了床還不是又吸又舔的？

我把經歷的次數縫在內衣裡，等到哪一天我有足夠的勇氣去見我爸了，就知道自己寂寞的日子有多長。

就像記型胸罩，它記住的其實不是女人的胸形，而是女人身體細微的溫度變化。

●

爲什麼我們會踏上這一途呢？

窗外的風景開始變得模糊，記憶顯得格外虛假，只有閃光燈還滴答滴答。

妹妹，到底我們要去向何方？奔逃又是爲了什麼？

（歎氣）我剛剛又作了一個夢。夢裏那條野蟒依舊，不同的是，這次牠勒住我的脖子，眼的另一邊生出一張人臉，是我爹激動的表情！他向我告饒著情非得已，他其實也不想這麼做啊！然後半蛇半人的面孔慢慢地、慢慢地從我的肩頭移到胸口、到腰部、再到恥胯，最後倐地鑽進我的體內——那滑溜地、黏膩地不潔觸感！

沒有預期的撕裂痛苦，也沒有混亂的掙扎，我的下半身反而湧起一絲絲膨脹的快感，直到它全部沒入我的身體裏面，我突然有一種幸福得想哭的衝動。

看啊，我包覆著我爹哪。我是多麼憎恨又多麼深愛著他哪。

（煞車聲）

（叭叭叭叭）

（叭叭叭叭）

阿爹，如果您向我問起這一切，我會說，一切都好。比起村裏，這裏吃住樣樣方便，而且熱鬧。您看看我身上最新一季的阿瑪尼，小指的蒂芙尼，還有臉上的資生堂——阿爹，您覺得我美嗎？我終究還是一名女人吧，我終究想起那次您眼泛淚光地說：

「這一切，全都是爲了生活啊！」

對不起，阿爹，我終究沒能達成您的願望。

也不知道上個月寄回家的錢，您收到了沒有？

●

我們害怕的並非孤獨，而是欲望。

就像皮包缺了一個口，你一直拚命去填它，卻發現東西不斷墜落，最後你甚至必須把自己整個人塞進去，直到塞滿爲止。

有的時候，還必須賭上自己的性命！

我都快不記得北上的初衷了，最初離開的時候……在頂樓，風掀動七月濕黏的頭髮，天線啪啪作響。我阿公傍著我，陪我吹風，藍色的貨車帆布在底下閃閃發光，豔陽刺眼，眞正到了要走的時候，氣氛反而不如想像中輕快……所謂生命、命運這種東西，下一刻會把我們帶往哪裡呢？

我輕輕摳著水泥牆板，懵懂的哀傷自心底輕輕剝落。

很無聊對不對？問題是，事物本質的離開，意味著某些東西的一去不復──那些包含著青春、愛以及什麼的喜怒哀樂，都將如這趟南國的風，浮塵飛升，落腳於無明的深淵。

這時候，我阿公突然指著極遠極遠的稻田，說：「他日轉屋下，就係人客囉！」

（那麼，這次回來，究竟是為了什麼呢？）

●

妹妹，如果這次眞的見到妳爹，第一句話，妳打算對他說什麼？

妳恨他嗎？愛他嗎？這些年來都怎麼形容他？

爲何非得苦苦追尋他？

偶爾我會想到我們在床上私密交會的眼神。我們是多麼理想的搭檔啊。儘管身後那些男人粗魯的喘息那樣令人討厭，可是每當我們注視著對方、碰觸著彼此的臉龐，誰還會記得那些國籍、那些性別、愛、傷害，誰還會記得那些──我們儼然是遺世而親密的戀人了！

沒有人能拆散我們。

●

噓，安靜，不要講話。

他們來了。

聽到了沒？

腳步聲，咿嗚咿嗚，是警車還是彬哥他們？

沒事的，不要緊，我們會找到出口的。

（緊急煞車聲）

（閃黃燈）

（叭叭叭）

妹妹……這天，這天怎麼這樣黑？

噓，不是叫妳不要出聲、不要胡思亂想嗎？

這裡很安全的。

（緊急煞車）

妹妹……

噓。

路還很長。
我們眞正的旅程才剛要開始哩！
（叭叭叭）

——原載於二〇〇三年十二月《苗栗縣第六屆夢花文學獎得獎作品集》
（本文獲苗栗縣第六屆夢花文學獎短篇小說佳作）

偷閒

這邊這個女人反駁道：「才沒咧！阮這個嘛都是吃我的，什麼點心早餐晚餐嘛都是——伊父母喔，說起伊父母ㄏㄡˋ，多講多氣惱的啦！」

那邊一個也附和：「就是說ㄇㄧㄝ，現在是什麼時陣，連這款錢伊也要省？」

還有一個叉著腳的：「不能這樣比啦，人家那邊是台北城，啊咱這是什麼所在？」

反倒是原先挑起這個話題的女人並不急著表態，隔了許久方才嘆口氣：「沒法度，誰叫阮是沒讀冊的艱苦人？」

群山淡影，夕陽西斜，幾名女人或牽或抱著小孩，身影拉得老長，臉蛋和身材看得出來都已上了年紀，三三兩兩倚在國宅前，她們彼此爭論小孩一天的餐費多寡、哭鬧的次數、父母有無提供尿布……內容是繁瑣的，然而大抵離不開錢。喋喋不休的姿態宛如皮影戲裡背光的剪影，腳底下的漆黯像打手語的巨人——終究不過是口沫橫飛間的虛張聲勢，三姑六婆的正義與風霜。

三嫂把這一切看在眼底，像看一場戲，嘴唇撮尖，低頭啜飲一杯珍珠奶茶，柔軟的珍珠像柔軟的午后輕風，她只想慵懶地任由陽光一步一步攀爬，塡滿自己的肩頭手臂。

「錢小姐，今天心情看起來不錯喲？」洗頭小妹問。

三嫂沒有接話，眼梢橫過一抹神氣，盯著手上一本《美華報導》，叭噠叭噠的指間觸感響徹後腦，隱約能夠聞到菸草染指的餘味——洗頭小妹雙手濕漉，一把抹去腕上的泡沫順勢甩到腳旁的大紅水盆，再迅速澆上洗髮精。

這個阿妹仔——三嫂心想，年紀這麼輕——瞥見洗頭小妹啓口說話的片刻，露出前排黃垢的門牙：「還有哪邊比較癢的？」「這裡需不需要抓一下？」「這樣抓會不會太用力？」然而三嫂依舊專注在「老董搭上徐娘，七千萬賠董娘」，以及「藤原紀香笑咪咪，『車頭燈』吊人胃口」，完全無視於洗頭小妹的慇慇相詢。

窗外天色橘金帶藍，暮靄交疊，山嵐極低極低，美容院裡長風抽送，寒涼與暖陽交互打旋，三嫂冷不防打了個哆嗦，猛地抬起頭來，發現自己單薄的額頂居然幾絲髮梢風中殘燭般微顫！她下意識地往腳邊掃去，清楚知道，剛才那一攤泡沫中，必然混雜了一綹沒一綹的焦黃！

「怎麼樣？」洗頭小妹狐疑：「錢小姐，東西掉了喔？」

三嫂趕緊閉上眼假寐，但那纏繞的意象太過鮮明，白的、黑的、黃的……形狀各異、長短不一的髮，紛紛垂掛於塑膠梳爪間，數百條數百條牽絲絆藤的蛇！無論是晨間轉醒抑或夜中臨睡，這陣子以來，一種壓迫性的、攸關女性直接判斷的陷落恐懼，不由得湧上三嫂的心頭。

偶爾，她望著那些團團糾結的頭髮，試著拿指甲去摳，換來的卻是更細瑣更驚人的斷裂！甚至，三嫂端視著鏡子裡的自己，過肩捲髮、單眼皮、一張薄唇，生得不算美，倒也不挺難看——三嫂就這麼一路揉捏，終究摸到了那個地方，她撩起髮來，面對鏡中倉皇的影像，久久無法了然於心。

「會是婦女病麼？」她想：「還是開始煞經了？」

夜太靜，聽不見任何回音。

通常這個時候，她的男人仍不知道在哪個夢境底磨牙彈舌，肥胖的腹肚一窪窪油，腹肚底下看不見的黝黑蜷縮在花色的四角褲裡——這幾年他確實老得多了，不再到處撒野——三嫂皺起眉，輕輕揉著、捏著，關於男人肥軟的腿肉，時光伏貼，血脈像堆堆疊疊的荒蕪……三嫂微微牽動嘴角，那些崩毀的、摔落的瞬刹，那些，能夠還原成事件發生的最初模樣嗎？

她想起那天天色未亮，她男人刀起刀落間，魚頭還沒去妥呢，一個人就這麼直挺挺倒下，掃落滿桌金杯、香爐，奇異的是，血色不見，意識也還算清楚，就是他口裡「啊啊啊」的原始聲音像一頭獸，不知情況輕重？

三嫂急中生智，從口袋裡掏出一張紫鈔，男人半耷著眼，歪嘴流涎說了——她原本緊繃的情緒頓時鬆張開來，吁口氣，心底篤定了。

往後的日子裡，三嫂逢人提起這一段，總當是個笑話：「說起阮家那個老猴喲，嘖嘖！」她嘴裡明的不說，心底卻懷想著他們初始的相遇：在那座黃昏市場裡，細瘦如猴的少年掄著刀，刀鋒利索，手腳卻不怎麼俐落，怯生生的少女走到他面前，就著頭頂一盞燈泡囁嚅著：

「老……老闆，我要一尾鹹水魚……」少年抬起頭來，搔首掏耳，嘴裡叨叨唸唸南洋鯽仔一斤多少錢，皇帝魚是「算錢不算斤的」，還有黑鮪魚最貴最高級——

話才說到這裡，一名中年男子橫過來擋在他們之間，大剌剌地把光亮阻隔在黑闇之外：「做啥？ㄆㄚˇ小姐啊？剛才要你去的魚鱗弄好了沒？」說話的語氣及神情，和他後來如出一轍，暴躁咻咻、迭聲不耐。

而他當時僅僅是初涉世的學徒。

那時候，年僅十來歲的三嫂雙頰漲滿羞澀，意識到性別差異早在那之前已然形成巨大的陰影，她轉回魚攤對面的蔬果店，繼續一成不變的收銀機生活。偶爾和少年偷眼相望，偶爾竊竊交談：一個是發育未熟的年輕氣盛，一個是含苞待放的情竇初開，都是青春美好時節裡的明明亮亮——剛開始時，沒有人能夠預料到後來會變成什麼樣？肥臉大肚、顢頇色衰……然而事情就這麼發生了，不是你要不要的問題，而是人生不知不覺走到這一步！

三嫂想到這裡，抿了抿唇：「其實，」她說：「那時候，我們也多麼相信永久啊。」

那些脂粉燦亮的阿妹仔多半是要笑的：「唉啊，阿姨啊，妳又在搬戲了！」

「阿姨，這次說的是哪一齣連續劇的台詞咧？」

「阿姨喲，妳嘛幫幫忙，人家現在嘛都說『要幸福喔』！」

「不是啦，阿姨要說腰束、奶綳、屁股硬梆梆！」

「妳嘛拜託一下，我還聽得人家說，桃花江是美人窩咧！」

「阿姨唷——」

「阿姨！」

這時候，三嫂放下口紅與粉餅，沒好氣地斜過眼：「做食了啦！閒閒講什麼瘋話？」

打扮入時的女孩子紛紛坐回高腳椅，她們幾乎遮掩不住臀部的短裙飛旋其後，清一色制式的「恨天高」撐起一雙裸長細腿；胸口一抹深溝若隱若現——這是肩，這是頸，這是鎖骨，這是肚臍眼；這是金，這是銀，這是哈日風手飾——如果不是在冬季，女孩們的衣裳顏色和裸露的對比想必更加撩人心弦！

她們或說或笑，興致來了舉起手臂露出腋下的黑密，虎虎朝男人挑釁，或俯身撥髮、極盡挑逗之姿：「哪，司機大哥，你看你看，我這『兩粒』值不值兩百塊？」

芒草低垂，平蕪遠拓，所有的慾望與渴望都笑響天際，那火紅的豔陽是這偌大荒野裡，唯一燥烈灼身的印證。

沒有人知道這些女孩子從何而來，也沒有人明白她們所秉持的身世？在檳榔攤裡，語言是多餘的，肉體自然說明一切。人們眞正好奇的是透明壓克力板後的娉婷春光，以及吧檯前一亮一滅的晶亮，那晶亮的空間需要的並非生活而是想像——不是有一則故事這麼說嗎？直到年邁的丈夫死去，溫柔賢淑的妻子方才發現：平時看似忠厚老實的男人，這輩子，居然多麼想和穿桃色高跟鞋的她歡愛？

也因此，在這群乳臭未乾的細聲細氣裡，三嫂的角色愈發顯得不合時宜，而且突兀——特別是在她開始掉髮之後。

然而，三嫂到底是經歷過那一番的人，招呼少年郎她化身和藹可親的娘，迎合中年男子她拈花微笑，對付色老頭則是挑眉斂目——作爲一名上了年紀的女人，三嫂可謂舞得八風不透，人人敬重——年輕一代憑恃的固是青春美色，但風姿綽約尚需年歲來襯，特別是成熟與稚嫩，浮躁與嫵媚。

三嫂想到這裡，不由得笑了。

檳榔攤前依舊是車水馬龍，隔著一大片泥濘，幾根煙囪噗噗噗地在遠處冒氣，灰色的氤裊裊升空，彷彿焚香的曚曖召喚整座城市；安全島上的一排夾竹桃嘩嘩作響，時時翻出駭人聽聞、據說是包藏禍心的暗紅枝葉。

再靠近些，路旁的五節芒隨風搖曳，白花花的尖穗宛如白花花的光照，一切都在喧鬧中前進，一切也都顯得那樣自然而合宜。

就是沒有人停下車來買盒檳榔。

三嫂把最後一顆包好荖葉的檳榔塞進盒子裡——盒上是年輕女孩搔首弄姿的媚態——她放下手中的抹刀望向屋外，不知不覺又摸到額頭那塊令人心驚動魄的地方！

她揉著捻著，不斷來回摩挲，試探性地以為就能夠起死回生。但季節眞是入冬了，寒流挾著強風利刃每一條神經，冬季的台北林口飄著霧，暈濕了月牙擾得五更不知時日；背著雙手散步的老者懷想過年時的兒孫；禮拜堂前的燕子去了又返；高爾夫球場滴落雨後一片朦朧，鬢白的男子踩著沁涼踩著幽微的心事。

都說「平原百姓，華枝春滿」，可是作為一塊沃土與人車雜沓的工業規劃區，林口眞正讓人記憶的無非是長庚醫院和白曉燕事件，人們想起了林口就想到養老歲月與孤獨的後半輩，它從來就留不住歸人也攔不了輕風，只有土地和季節本身眞正存活。

三嫂理了理額前的瀏海，突然覺得冷。

這時候，一名長髮女孩遞過來一籃檳榔：「怎麼了？阿姨，人不舒服喲？」

三嫂下意識地移開手：「ㄏㄡˋ！嚇一跳——沒事、沒事，阿姨……」

「我看妳從剛剛就一直皺眉皺臉的……」

「哪有？」三嫂不由得一愣：「可能，可能是昨暝沒睡好吧？」

「是不是又和妳先生……」

「三八啦！」三嫂輕拍女孩的臂膀：「又不是大紅花不知ㄞ，圓仔花ㄞ不知，都什麼年歲了？」

她們的交談聲極低，但檳榔攤空間狹仄異常，幾名女孩全聽在耳底，輕笑，三嫂也笑，窗外的五節芒擺首，夾竹桃附和——大家都心照不宣，家家有本難唸的經，沒有誰比誰的精彩，但故事推演中自然有其流露的滄桑。

沒有人注意到，三嫂趁隙伸手至大衣口袋摸索的動作。

日頭豔豔，光影斜倚在一條老黃狗身上，檳榔攤前的生意照樣冷冷清清。咫尺之外，一枚灰撲撲的影子逐漸往這邊擴大時，三嫂有片刻以為那是隔壁貨櫃工廠的小弟——說上一段黃色笑話的濃眉大眼，現在的小鬼喲——黑色的身影走到檳榔攤前，削瘦的臉龐逆著光，手裡一只粉紅色塑膠袋搖啊搖，畢恭畢敬朝三嫂喊了一聲——

「啊？」

透明櫥窗裡激起一陣輕嘆——吃驚居多！大夥定神一看，沒料到眼前的人影居然是一名貨眞價實的女人？秀氣的眼耳鼻口重重喘息，平坦的喉嚨溜溜鑽過尖細高拔的嗓音！

「媽！阿爸說有一件東西要送給妳啦！」約莫是心急或焦躁怎麼的，女人的身上逸散出一股近乎雄性激烈運動後，特有的腥騷。

三嫂急忙起身：「啊妳怎麼有空過來？看妳流得整身汗！」

「用跑的啦！」被喚做阿娟的女人笑著，臉上帶有一種小女孩式的天眞。

「嗯，妳現在不是在上班？」三嫂拉拉身上的黑色大衣，總覺得在這種場合遇見自己的女兒有些窘促：「日頭這麼大——」

「沒哪！阮老闆臨時叫我出來替他去銀行軋支票……」

三嫂皺起眉來：「ㄏㄚˊ？那妳不就還沒吃飯？」

「吃過囉！」阿娟說：「剛才我要回公司的路上遇到阿爸，和伊作夥吃飯，伊還叫我送一個東西過來給妳……」

「什麼東西？妳阿爸？」三嫂睜大了眼：「妳在哪裡看到伊？伊今天有沒有準時去賣彩券？」

「有啦有啦！妳看，這是妳最愛吃的鱔魚意麵！」阿娟把手上的那只塑膠袋高高舉起，殷紅的顏色左搖右晃。

「怎麼還有蘋果？」三嫂把塑膠袋拎在手上，抬起頭來：「啊妳阿爸伊是叫妳送這東西過來作啥？」

「伊說今天是妳的生日啦！」阿娟的眼角笑出長長的細紋，靦覥著：「伊叫我特別送這意麵來給妳吃哩！裡面的蘋果是我剛去買的，算是我單薄心意……」大抵是不習於表達這類的感情吧，阿娟說到這裡，略略遲疑了一下，語調乾澀地：

「祝，祝媽媽妳，生日快樂！」

隔著灰淡的玻璃窗外，亮晃晃的陽光篩落夾竹桃低低的枝葉，粉紅的、暗紅的、深紅的，粉白的、瑩黃的、亮紫的——三嫂眨了眨眼，耳邊營營的，那最後一句話宛如一次遙不可及的幸福，來得太過唐突、太過倉促了，像南柯一夢也像遊戲一場，可就不是全然的眞實！

她怔怔地端視起女兒：過肩捲髮、單眼皮、一張薄唇——出神了！歲月流轉，陰闇的市場角落發出鵝黃的燈光，清瘦的男孩和捲髮的女孩，沒有牽牽絆絆的油鹽醬醋，卻有那麼一點多情應笑的懵懂與愛戀——年輕時候的親愛呵，那樣簡簡單單牽著手，話也不說，風輕輕吹動，月色偏差了殷紅的顏色，湖心皺起陣陣漣漪……

但那終究是從前的時光了。

三嫂回過頭去，阿娟壯碩的身形已經成爲一枚不合比例的細小身影了。步伐看得出來是輕快的，連跑帶跳，一點兒也不像幾天後就要出嫁的人！這不免讓三嫂想起那一次，第一天帶著女兒上小學，阿娟一雙大眼怯怯張望，身後的一副書包雖小，卻壓得她日後肩頸紅腫不堪，每每有無法結束與被理解的作業……

三嫂抬起手來揉了揉眼，尋思這年冬的風怎會如此猛烈？群沙亂舞，竟惹得兩行清淚模糊了臉上的妝！

「阿姨……」返回檳榔攤時，長髮女孩朝她的臉頰比了比手勢。

三嫂取過鏡來，愣住，兩條墨痕像拉長的曲蟺垂掛至頷下，適才淚裡沾染的妝點顏色。

其他的女孩或吃飯或下班去了，長髮女孩也正準備離開的。檳榔攤裡空空蕩蕩，充滿的氣息倏忽消散，三嫂坐在吧檯前，解開塑膠袋，把其中的麵條倒進保麗龍碗，雖說習慣了一個人吃飯，今天端起碗筷的時候，三嫂心底終究衝上了一層氤氳。

到底——她想——辛苦了這麼大半輩子，他最後還是屬於自己的了。那些信誓旦旦的傷害、要娶細姨要替孩子找「新媽媽」的冷漠——現在，他也成爲名符其實的孩子了。每天幫他擦背、餵藥餵飯，天冷了添衣、嘴饞了加菜……中風患者一向是難伺候的，醫療花費更是無情，然而三嫂只感到冥冥報復的快感。

「說起這個老猴喲！」三嫂忍不住語調顫抖，反反覆覆把這些年來的恩恩怨怨細數了一遍，呼嚕呼嚕吸起一大口麵，頓時覺得自己苦盡甘來，分外輕鬆。

但這也不對，不對到太過虛僞——三嫂咀嚼了半晌，總覺得這一切未免蜜裡調油得不甚眞切，像眼前這碗鱔魚意麵，剛吃到嘴裡醍醐灌頂，再仔細分辨，方知不是自然本味——三嫂當下沒來得及多想，第一個直覺便是：這個阿娟，做的這討債人情！她心緒翻湧激動，扣住碗口的指節開始失去知覺，風掀起衣襬掀起兩鬢飛絮，額頭那一塊地方呵，三嫂低語，這囡仔，這個阿娟……

怎麼會是老猴送的東西呢？他自己也不知多久沒過生日了哩。

筷子拉長的意麵開始寒涼了，幾條麵線或騰空或陷溺醬汁中，這惱人的魚腥！三嫂嗅嗅鼻子，尋思她的男人——嗡嗡嗡嗡，嗡嗡嗡嗡，作嘔的味道揮之不去，三嫂伸出掌心朝空中胡亂拍打——那一塊鮮血淋漓的砧板咚咚作響，斷氣的、未斷氣的，她的男人，青春，他們這輩子奮力殺死的魚、刮除的魚鱗……能夠怪誰嗎？在那樣的地方遇見他並且愛上他，私心企盼著平平靜靜牽手一生，以爲可以去到最遠最遠的邊界，以爲將會有流浪那麼美……

這個人生喲——三嫂不免一嘆，誰說得準呢？氣息嘆得極輕極緩——少年子弟江湖老，繁華事散，貪圖什麼？回憶再好再壞，業已陳年往事，縱使粉身碎骨也再難追回一魂半魄了。

然而三嫂就是不甘，就是拚了命想抓住些一點最後的餘韻——彷彿掉了一件外人看來微不足道的物品，牢記於心，明明知道不該要、沒法要，卻又癡心地以爲自己值得，總覺得在這趟辛苦的追尋過程中，老天爺應當補償她一點溫情一點敬意。

三嫂又伸出手去摸索大衣底下的口袋。

她今天的心情照理說是不壞的。她有一筆額外的收入，是她小叔今早給的紅包，足夠她下班去染個頭髮，或者待會翹班唱歌、喝點小酒什麼的，她的臉色理當同現在的皮包：發發發。

「叭叭叭！」

一陣急促的汽車喇叭聲在檳榔攤前響起，三嫂驀地一驚，反射性地將一疊鈔票握得更緊更慌。她急急忙忙騰出手來理了理髮，笑臉迎人道：「我說這位阿尼基啊——咦，歹勢歹勢，那邊那位帥哥沒有注意，怎麼兩個人一直坐在這裡叭叭叭？進來坐啦，喝茶ㄇㄧㄝ！買五粒送兩粒！保證給你們吃到退燒止渴耶！」

三嫂斜倚車窗，胸口露出一抹雪白。

車裡的男子無動於衷，緩緩摘下墨鏡，臉不紅氣不喘地說：「對不起，我們是……我們不是來買檳榔的，我們是『新聞百分百』……」

「辛辣白一白？」三嫂納悶著：「哎喲，眞是有性格！第一次聽到人家這款說法，你們要口味較重的是不是？呵呵，帥哥就是帥哥，講起話來都不同款欸！」

三嫂正待轉身，男子急忙從車內探出頭來喊：「不是這樣的啦！小姐！」

她停下腳步，聽見背後傳來一陣竊笑：「我是說，我們是電視台的工作人員啦！」

眼前的寒風颸起一陣涼意，出其不意把三嫂額前原本服服貼貼的瀏海吹得老高，吹亂了，她愣了半晌，自單薄的黑色大衣領口慢迴過眼來，挑眉，凝望。

「是這樣子的，我們名義上雖然是新聞節目，可是我們的新聞內容其實是在呈現一種紀錄──您看看您，長得這般妖嬌美麗！」男子眨眨眼：「我們想說，看能不能報導一下妳們這一行的甘苦談？」

「可是……」三嫂聽得似懂非懂，被他那幾句讚美捧得一陣臉紅。

「可以嗎？」男子低聲附耳：「我們會買下店裡全部的檳榔的！」

年輕男子頷下慣有的麝香味搔得三嫂耳尖發癢，一顆心怦怦怦，她的這輩子……她的男人呵……三嫂拉緊大衣領口躊躇著：「可是，我們店裡的那些小妹，她們現在都吃中飯休息去了！」

「無所謂啦，只要您一個人漂亮就夠了！」男子扯扯她的衣角：「好啦好啦！好嘛？」

攝影機開啓了。鎂光燈也閃爍。消逝的一切都要經由鏡頭借屍還魂。窗外的流雲變幻莫測，陽光遮斷，篩落成一明一暗的忽冷忽熱。雖說是趕鴨子上架，三嫂的語調和動作卻異常輕快：這是壓克力板，這是工作吧檯，這是檳榔刀，這是彩色的霓虹燈管、粉紅色的小盒子……三嫂感覺到一種前所未有的快樂，她興高采烈地向世人展示她生活的全部——

畫面滑過了臉龐、胸脯、大腿；大腿、胸脯、臉龐，年輕男子悄聲道：「對，就是這樣，再自然一點，嗯，漂亮！」

三嫂心底湧上完全地充滿，她想高聲尖叫，昭告她是這裡的主人！一個嫣然的笑容，一個熟練的動作：「哪，這就是菁仔，又俗稱『紅灰檳榔』！」又在一片荖葉上塗抹石灰，裹上一顆帶殼檳榔，揚起：「這是包葉的白灰檳榔，啊？」

這，這有什麼差別嗎？

「差別啊，差別在於……」三嫂對著鏡頭淺淺微笑，發現有許許多多眼睛同樣朝她這邊笑，都是些年輕的面孔！三嫂略吃一驚，以爲是那些外出復返的阿妹仔，但一眨眼，又不見任何人影！只有眼前一望無際的風沙印疊著灰色的人臉、尖尖的下頦、過肩捲髮、額頂——三嫂努力搜尋某個字眼——該怎麼說呢？

攝影機依舊停留在三嫂的臉上，她叉起十指，指間在鏡頭底下放大了，一紅一白，方才兩樣的石灰顏色，白色的石灰偎在冬天奇酸凍裂的指節，像一張小嘴生了一口白森的牙；紅色的石灰滲入掌心錯綜複雜的紋路，紅了心肺更滋養了腹肚——到處牽牽絆絆！到哪也都是人體的一部分！

那碗鱔魚意麵……欸，那碗……三嫂突然想到了仍未吃完的麵，她握了握拳，揣想，那碗麵終究是要冷掉的。

「或許，這就是我們檳榔大姊錢彩娥小姐的人生觀吧！」年輕男子面對攝影機露出愉快的笑容：「各位觀眾，ㄟ，下個禮拜同一時間，也要幸福喲！」

麥克風從三嫂的胸口移開，電視台人員急急忙忙收拾機器，年輕男子依言買下店裡所有的檳榔——也不算買，而是塞給三嫂一只紅包袋——她的手心被男子這麼輕輕一握，彷彿回到今早的時光，在銀行裡，年輕的小叔也有淡淡的麝香味，也是這麼輕輕一握：「妳拿著，大嫂，這些錢，拿去給大哥買一點東西補一補……」

她男人的身子？

三嫂怔怔地把年輕男子和她小叔看作同一人，四周的聲音寧靜到底了，影像也凝凍，只有不屬於人體的嗡嗡嗡在頭上盤旋著——就那麼輕輕一握呵，就那麼溫柔敦厚呵——三嫂抽了抽她的鼻子，隱約中，又聞到那股令人作嘔的魚腥味！

然而氣味再糟再腐敗，終究能夠被掩飾，置身在安全帽一般的燙髮器裡，三嫂覺得安心，也感到坦然。

她一面看著《美華報導》，一面斜睖大衣鼓起的口袋，再過幾天，她的女兒阿娟即將要出嫁了，作為母親與丈母娘的角色，就算多染幾個顏色也是無所謂的——洗髮二百二，剪髮四百五，染髮六百，無重力離子燙一千八——最貴也才一千八！

三嫂極力為自個的行為「驗明正身」，她有信心，幾天後她將會是全世界最美的丈母娘！國宅前，幾名老女人依舊關心著錢，一般俗世裡的男女提到了錢，通常也與情感脫不了干係。然而三嫂想的不是錢，那東西她已經抓在手上了，儘管只是一小片刻的放縱，但無論如何就是要它高興、要它痛快！

濃郁的髮香和刺鼻的藥水味一陣沒一陣地鑽進鼻孔，其間還夾雜了幾句指天罵地的嬉鬧，美容院裡無所事事的洗頭小妹露出一截蠶白也似的細腿，她們或嗔或笑，拉扯著內衣肩帶啪啪響亮，年輕人的世界到處銀亮灑金，腳底下大紅水盆裡，黑白相間的藥水同樣瀲灩閃耀，其上一攤像痰的黏稠液體是光澤的阻礙……

三嫂撇過頭去，對於自己突來的發現感到一絲絲不潔的嫌惡。

窗外的天色不知何時暗了——突然一下子整個沉重的肅殺——寂靜的街角旋起一陣淒清，犬聲吠吠，隔著那麼遠的距離，依稀能夠分辨，一名男子手持彩券出現在國宅盡頭，目光怯怯地朝美容院這邊張望，神情是孩童式的，帶點初探世界的羞赧，眼底跳動的光芒在黑墨裡發亮。

這時候，設計師走過來了，移開燙髮器，取下髮捲：「怎麼樣，錢小姐，今天打算做什麼樣的造型？」

三嫂沒看見他嘴邊的訕笑，有幾絲頭髮，不經意地自單薄的額頂滑落。灰淡的地面一動一動，一隻巨大的飛蛾跌跌撞撞爬上大紅水盆，黑色的翅翼摔落黑色的粉末，奮力攀騰，又掉下來了，再攀騰——更多的小蟲子不知什麼時候全聚攏過來，安安靜靜地跌入水盆，載沉載浮，白色的湖心留下一點一滴裝飾性的漣漪。

「哪，這樣，蕭薔式的，好不好？」設計師攏了攏三嫂的頭髮，又忍不住笑。

三嫂怔怔地沒有說話，瞥見那隻飛蛾已經張開整個翅翼了，彷彿仰泳姿態那樣地，輕盈而舒適地飄浮在水盆中央。

三嫂看著鏡中的自己——過肩捲髮、單眼皮、一張薄唇——所有記憶不斷在她腦海中形成快速雜亂的影像——她男人的側影：在產房裡爲她小心翼翼削了一顆蘋果；她女兒阿娟小手小腳奔跑的背影：跌倒了也忍著不願喊疼；她父親說：「這些年，讓妳受苦了呵……」她小叔寬厚的胸膛：就算是輕輕一握也很足夠了；她自個笑吟吟的逢場作戲……還有還有，貨櫃工廠小弟的緊實臂膀、年輕的陌生男子的讚美、檳榔攤裡那些亮片短裙的阿妹仔、砧板上掙扎喘息的魚、血、青春。戀愛——還有還有，她後天要做個全天下最漂亮、最完美的母親與丈母娘！

三嫂面露微笑，掛記著要告訴她的女兒阿娟，將來生了小孩千萬別給外面的那些保母帶喲，那些將來的寶貝外孫與外孫女哪。

是一個忙裡偷閒的下午，三嫂依舊擔心著她的掉髮。

——原載於二〇〇二年二月十五日～十六日〈中央副刊〉

〈本文獲第十四屆中央日報文學獎短篇小說佳作〉

雙人衛浴

一開始就覺得奇怪了。

爲什麼要叫做「雙人衛浴」呢？

我姊姊坐在馬桶上，她的大腿瘦稜稜地垂掛著褪至腳踝的褲子——完全的白與稀薄！我大抵是第一次看見她裸露的下半身，眼光不知該往何處擺，只覺得她都是三十好幾的人了，怎麼還學不會照顧自己？

吃得這樣瘦！

「姊，妳到底好了沒啊？」我語調有些乾澀地問。

浴室裡，昏黃的燈光映照在我姊姊起伏的腹肚、前傾的肩膀，像是不斷重覆播放而年久失修的默片，無聲無息。

我不由得想起適才蓮蓬頭揚起嘩嘩的水柱之間，聽見我姊姊急切地在門外擂著：「喂，小妹，妳洗好了沒啊？我要上廁所啦！」

我輕快地回答：「還沒耶！」

也就是這時候，我姊姊不容轉圜餘地地，隨手扭開門把，砰地衝進來——

「呼！眞是憋死我了！」

我下意識地背轉過身去，面對著牆，在水珠飛濺中露出裸裎的臀部、背——彷彿是水溫太高抑或心理作祟，我總覺得自己是曝身在一幀尚未曬洗的底片之中，臉色泛起一涼一熱不確定的顏色。

我姊姊說：「小妹，妳的背還眞是美耶！」

我吃了一驚，雖說她是我姊姊，但那畢竟是一個人對於另一個人的審視，是帶有一種批判眼光的。我試著把更多的肥皂泡沫抹往自己的身上，希望能夠遮掩些什麼。

然而我姊姊並沒有停下她的評論，她仔細端詳起我的身體：如果妳的胸部再豐滿一點、如果妳的手臂再瘦一些、如果妳的臀部再圓潤許多、如果妳的大腿……

我大喊：姊，妳在幹嘛啊，妳很像變態耶！

「沒有辦法啊！」我姊姊嘆：「誰叫妳是我從小看著長大的？」

她比了個手勢：「妳知道嗎？妳剛生出來的時候才那麼小一點，可是現在——嘖嘖，妳今年幾歲啦？」

姊！我瞪她。

她沒有接話，沉默許久悶哼一聲，大口大口喘著氣。

面對這突如其來的傾軋場面，我錯愕地想起我母親曾經私下跟我提起，說是我姊姊長久以來長了痔瘡還是內分泌失調什麼的，總之，她每回上完廁所簡直經歷了一場災難——而這一刻，親眼目睹我姊姊弓身皺眉的情況，比起產婦生小孩的費力窘境，兩者幾乎可說沒啥兩樣！

我心疼地問：「姊，怎麼樣？是不是很痛？」

我姊姊抹去額頭的汗水：「痛？當然痛啊！妳們這些念新聞系的，就只會問廢話！嗯……呃……不過還好……不是在爸媽的房間，否則……呼……就糗大了……」

我看見她拿起衛生紙準備往後揩拭，預料下一波將會有更大更沉重的反應──我不忍地轉過頭去，瞥見浴室牆角翻黃的污穢──關於便秘，我姊姊的這個症狀，據說是她今年考上國家公務員之後，從那時候才開始發生的。由於之前那樣辛辛苦苦的準備考試，所以家裡的人都很識相地不和她嘮叨什麼，任由她愛待在浴室裡多久就多久。

偏偏一般都市公寓的格局就是這般侷促：三房一廳二衛浴，除了大廳旁的一間全套衛浴設備，再來就是主臥室的半套了。也因此，我姊姊才會毫不避嫌地和我共用一個浴室──畢竟，總不好爲了如廁的（還是便秘的）這件事吵醒我爸媽吧。

況且這間浴室，還是當初建商稱之爲「雙人衛浴」──超大豪華空間──以此作爲房子買賣號召的噱頭哩。

想到這裡，我姊姊似乎已經結束最後一波尷尬的狀態了。她站起身來，突然脫掉上衣、長褲，一面挽起頭髮、旁若無人地自顧道：「欸，這幾天不知怎麼搞的，背上好癢，好像長了好多小痘痘！妳看！」

「欸，妳背上癢不癢？」

我被她奶油般的皮膚光澤嚇了一跳——細肩、細手臂、平坦的乳、微微隆起的小腹；小腹上癟進去的肚臍、肚臍以下抹到一片闇黑之後的濃密弧度、幾乎分辨不出是大腿抑或小腿的一雙腳——那個從小就諄諄告誡我「保密防諜人人有責」、「三民主義統一中國」的姊姊……而此刻，居然一絲不掛地與我面對面，遠了又近了，溫熱的氤氳一點一滴自我身後不斷逼近！

「姊。」

「怎麼樣，舒服嗎？」

我感覺到背上有人輕柔地來回摩挲，那不同於男人粗糙指尖的觸感，指腹彈花滑過每一吋肌膚——從肩胛骨到一節節凸起的背脊；從尾椎臀溝至頸下暗暗凹塞而入的肩窩；從隆起的額頭而鼻樑而唇角而頷下的穿越……我突然有一種平靜的感受，彷彿徜徉在一片毫無雜質的海域，四周充滿了宛如流質般的幸福，稍一撥動就會引起那樣巨大的回響。

在一張一縮的抓搔間，我望見天光微亮，輕風徐徐的早晨有一位男孩同樣摟著我，同樣溫柔地撫觸我的背脊——我看見我們陰闇的童年自路口不斷漂泊過來，每一段感情都銘刻了那些親愛：第一次被一位男孩子追求，情書上花稍地寫著：「勿—忘—筆—中—人」；接吻的時候嘴角還顫著，許多從未也不敢浮現的念頭隱約在光中裸裎；而走過的路流過的淚終將被塵封，失戀的撕裂比每一次思念還要遙遠……

我抬起頭，溫潤滑腴的人體體溫糅雜著水珠滑行、再滑行，每一次的愛情就這麼興起了，又破滅了，墜落之前還懸掛著那些華麗的餘韻——偶爾迴旋出一圈一圈的泡沫，那其上標示了每一段感情所欲彰顯的生命色彩，短暫而驚嘆的斷代。

爲什麼人會想望愛情呢？

然而那畢竟是不同的——我姊姊此刻安靜的細緻的撫觸，那畢竟不同於異性工於心計的佔有——那經常是欲念超越了理智，最終嘶迸成幾句夢囈般的話語：妳好美、你好高壯；妳眞漂亮、你實在迷人；妳讓我沒有安全感、你不懂得體貼；妳其實忘不了他、你心中還有別人——愛情裡的猜忌，每一次的離去與復返，這其間必然賦予了戀人們諸多的領悟與懺悔嗎？必然有一個規律可尋、一個豁然開朗的動人答案？

「可是，這樣小心翼翼而不確定地活著，眞的好辛苦哪！」房間的角落底，幾乎可以聽見那樣悠遠而迷離的嗓音。

所以，正因爲盡力維持愛情的脆弱與不易，便一再抗拒著愛情、錯失了機緣？

「姊，」我不免囁嚅道：「關於妳上次相親的事，後來是，怎麼樣了？」

那都是多久以前的事了，提它幹嘛？我姊姊面無表情說，來，轉過去，我幫妳洗洗腳。

「不用了啦！」

極輕的搔動鑽過我的趾間，我姊姊和我的角色還原成最初——最初十幾年前，她的眼角漲滿著那個年紀說不上來的幸福，自告奮勇地幫我洗澡、餵奶、換尿布……

我姊姊專注而沉默地搓揉著我的腳趾、腳踝，而我不知所措地看著她瘦小的身影：突起的肩胛像一對蝶翼，沒有瑩澈的色彩，卻有色彩必然的紋路；由頸處蔓延開來的細紋像貓背上服貼的細毛，一動一動鋪排成不規則的圖案——我暗自詫異著，我姊姊居然就這麼老了？

——我姊姊居然未經歷過一場愛情試煉，便開始邁入前中年期了？

「姊……我可不可以問妳一件事？」

「什麼？」

「像妳這樣一直沒有結婚，會不會覺得——」

彷彿籠罩在初次偷窺色情錄影帶的恐懼中，我父親義正辭嚴的面孔被光線快速流轉成斷續的螢幕鬼影，他大聲叱喝著：告訴妳多少次了，那些男生說有多壞就多壞！現在才幾歲居然就開始跟人家在那邊寫情書？

「妳，妳當場給我把這些『髒東西』撕掉！」

另外一次，是我姊姊剛升上高一的時候，有一天放學，她在街頭收到一只說是「正確的性觀念，要從正確的避孕措施開始做起」的保險套，結果回到家裡，被我母親慣例地搜書包逮個正著，狠狠揍了一頓。

「如果妳是出生在軍人家庭，早就被活活打死了……」我母親當時大約是這麼激動著吧。

然後是我姊姊開始進入大學念書，我爸媽信誓旦旦地和她約法三章：「大二之後才可以談戀愛」、「談戀愛等大學畢業之後再說」、「畢業之後等有了工作再談戀愛」……總是永無止盡的，像是橫在眼前的每一道關卡，原本你以爲是跨過去的了，這才驚覺它們居然包藏了積水的坑洞抑或柔軟的爛泥——這一類歪斜與暗招！

也就是在我姊姊終於通過那些險阻，進而臻至我們認爲她已經是「適婚的年齡」，她卻直到碩士班畢業，從未帶過任何一位「男的朋友」回家的，甚至未嘗聽她提起過和誰談戀愛等等？

這時候，我爸媽開始擔心起來，急急忙忙幫我姊姊安排相親。但不知道是我姊姊眼光太高，還是對方條件不夠理想——從西餐廳到路邊攤，從西裝筆挺到休閒短褲——從頭到尾，我姊姊一概是和那些男士看個一兩次電影、通過一兩次電話後，便莫名其妙告吹了。

在當時，我們都以爲出了什麼問題：我姊姊對於愛情的認知過於烏托邦？

我父親勸：「感情嘛，哪有說十全十美的？一百分的先生也要配一百分的老婆啊！」

我母親也苦口婆心：「都念到碩士囉，也該知道自己要的是什麼樣的老公才是嘛！」

至於我，我不發一語，看著我姊姊成天逗弄那幾隻小貓，呼長喚短地餵食牠們罐頭，陪牠們追貓棒棒、磨爪子……似乎養貓的事情變成她生活全部的重心，只有貓咪可以安慰她蹙眉的落寞神情。

對於愛情——她心底究竟如何看待戀人們的親密呢？對於愛情，她難道沒有一絲絲衝動與熱情的念頭嗎？

我於是暗自揣想著，我姊姊其實是在「報復」。

她其實是在反擊這十幾年來，我父母親對她造成的傷害——她藉著豢養寵物這回事，將自己封閉在一個沒人可以進入的世界裡，她徹徹底底拒絕了愛情的關照！她要讓我們同樣感到不知所措，她要我父母親也體驗什麼叫做「感情的撕裂」（那撕碎的情書）！

然而有一次，大抵是過年除夕當晚，在團圓飯上又遭到我母親叨唸，我姊姊便憤怒地把自己反鎖在房間裡。後來，我端了一碗長年菜給她，安慰她說媽其實也不是那個意思嘛只是妳這樣一直都沒有結婚也沒有談戀愛大家也很爲妳感到擔心耶再說——

「欸，」這時候，我姊姊像是聽煩了、不想再繼續生氣了，打斷我的話：「小妹，妳想不想聽一個故事？」

「ㄏㄚˊ？」

故事的開頭是這樣的。

我姊姊說，從前從前，在一個小島上住著許多「條件」與一種「感覺」。有一天，島要沉了，各種「條件」和一種「感覺」紛紛搭著自己的小船爭先恐後離開。叫做「愛」的感覺，它的船在航程中觸礁了，於是開始向各種「條件」求救。

首先，它找到了「高薪」，但「高薪」覺得泡在水裡的「愛」很不值錢。「愛」又找上了「高學歷」，結果它的船上裝滿了書，根本沒辦法讓「愛」上船。於是「愛」找到了「科技新貴」，然而「科技新貴」正在撰寫程式，沒空聽「愛」呼喚。「愛」又繼續找……它找到了「中等美女」，可是「中等美女」已經不習慣別人對它的讚美，最後還是沒有讓「愛」上船。

正當「愛」陷入絕望的時候，突然有一個老人伸手把它拉上船，雙眼炯炯地望向遠方，直到碰見另一座小島，輕輕地把「愛」放下，頭也不回地走了。

許多年後，叫做「智慧」的老人告訴「愛」，那就是「時間」。

我姊姊說，時間雖然不一定能夠讓愛忘記傷痛，卻能讓愛習慣心碎；時間雖然不一定能夠讓愛變得更加年輕，卻能讓愛逐漸成長茁壯；時間雖然不一定能夠挽留愛，卻能夠讓愛一點一點沉澱——因爲只有時間，我姊姊說：

「只有歲歲年年，能夠肯定『愛』的存在。」

「可是，」我忍不住說：「姊，妳並沒有談過任何一場戀愛啊！妳從以前到現在，根本沒有經歷過任何一次感情的風波嘛！妳要如何體驗『只有時間能夠肯定愛的存在』？」

「妳憑什麼這麼確定？」我姊姊反駁道：「我的故事還沒說完呢。」

「喔。」我的臉頰發燙起來。

「在這之前我先問妳好了。」我姊姊說：「如果在一個早晨醒來，妳突然發現自己無論如何都無法獲得正確的時間——比方說吧，妳慌慌張張打電話到一一七查詢，可是『下面音響』全部故障；妳把家裡的鐘錶翻出來，可是每一支時針都指著不一樣的方向；妳打開電視機，每個頻道都播報著不一樣的整點新聞；妳打電話給朋友，每個人都和妳爭辯現在是早上或下午！」

「然後妳絕望了，跑到陽台看看天空的顏色，然而天邊的烏雲一下子聚合、一下子飄散，完全分不出是白天或黑夜……」

我姊姊說：「也就是說，時間消逝了！時間徹底不對了！在失去時間的早上，妳沒有『時間』可以用來證明『愛』，那妳該怎麼辦？」

「我……」

「所以啦！」我姊姊說：「因爲失去時間的早上，她感到一陣不知所措，想起從前的往事不斷翻滾和流竄。她想起小學畢業只領了一份全勤獎；高中三年只被男孩追求過一次；從來沒有對中過一張統一發票；從來沒有被任何一位暗戀的男孩正面瞧過一眼！她心底空虛極了，簡直有種想哭的衝動——也就是這時候，她在她的枕頭底下找到一封署名二〇〇〇年的情書，是她暗戀的男孩昨晚寫給她的絕情信！她感到一陣心碎，一陣天旋地轉——失去時間的早上，她記住了感情的不易，失戀的痛苦！」

彷彿一齣連續劇的台詞，我姊姊繼續說著：「只有歲歲年年，只有『時間』能夠肯定愛的存在，可是，如果連『時間』也一併失去呢？或者『愛』根本不需要『時間』來證明？甚至『時間』無法證明『愛』？」

「……」

「妳說話啊！妳說嘛！」

她究竟想表達什麼呢？愛情禁不起時間的考驗？經過歲月的磨蝕，愛情必然會面目全非？戀愛是雙方同意，但分手只要一方提出？還是——天天都說我愛你，可是天天都不相信我愛你，天天都說我不寂寞，可是天天都覺得我最寂寞？

我不由得想起我姊姊在她國中二年級的時候，曾經被朋友張碩芬帶去一處省道旁，參加那些阿飛與不良少女的飆車情況。

事後，她對我說：「那大概是我這輩子做過最大膽的事了！」

她們去的那條省道，據說是我們那個地方通往其他縣市唯一的一條海岸公路，每天天色逐漸暗下來的傍晚，許多人便開始往那裡聚集，等待飆車族的到來與賭注。

那樣一輛一輛閃著螢光燈的、猶自亂竄的五十C.C.小綿羊，我姊姊說，妳眞會覺得自己是置身在一片流光迷離的燦爛中，當妳是奔馳在這光裡，出入這光的流沙——在眼前，我們——許許多多在場圍觀的人們，我和張碩芬的身世和名姓早已是殊途同歸了！連帶我們的青春、我們年輕的容顏也同樣圓潤明亮！沒有課本和考試、也沒有自以爲是的價値觀、更沒有囉哩囉嗦的「愛與溝通」——只有晚風、年少的臉龐、黑色的頭髮黑色的眼睛黑色的身體黑色的腳黑色的奔跑的尋找眼前黑暗的光明！

「然後呢？」

然後啊——那時候，我姊姊像是受到了極大的驚嚇，她說，第一道突來的強光掃過眼前時，張碩芬服貼的頭髮正以一種極爲優雅的姿態，一綹一綹越過星空！

第二道強光出現時，張碩芬遺傳自她鋼琴家母親的修長手指，像斷了莖葉的水仙花瓣，夾雜著血跡斑斑迅速墜地！

然後是一陣接著一陣的強光！張碩芬的眼睛、鼻子、耳朵、四肢，甚至是她們騎乘的機車，無一不在人群驚異不已的瞳仁之中崩毀——我姊姊說，如同她每天上學必經的火車站，照片公布欄上的那些無名屍，原本躺著的屍首突然衝出來對著她吐了吐舌頭，抗議她吊兒啷噹的觀看行爲！又或者以一種令人極度作嘔的餘溫，濕答答地在她臉上拂了滿掌血水……

「不要！」

我姊姊喊。

我喊。

我推開我姊姊撫摸我胸脯的手！

浴室裡，天光滑落，像投入小石頭的池水漾開，漾開。天花板上搖晃著我們腳下反射出的濕濡，我和我姊姊就這麼置身在光與泡沫的交錯中，靜默而深切地對峙。

對不起。小妹。

我姊姊說。我忘記妳已經是大人了。

我摀住胸口，沒有答話，對於突如其來的驚懼不知所措。水聲滴落。滴。滴答。時間走到鐘面再無法挽留的最後一刻，我姊姊眼耳口鼻皆隱匿在陰闇之中——只有眼神，只有不安的寧靜，光塵飛舞，翻動我們欲說未說的字眼。

「對不起……」我姊姊的聲音聽來極其微弱的：「我眞的不是故意的。」

我望著我姊姊瑟縮的神情、她細瘦的手腳，彷彿就要被我們這麼逼到角落了——順從地遵循著父母的想望往上爬；恐懼著不小心睡去又忘了讀完的第幾課；愛情在海邊僅僅是常盤貴子和木村拓哉的偶像劇——自始至終一個人跑步、一個人上館子吃飯、一個人看電影；一個人在週末的午后醒來又睡去、一個人面對黑夜、一個人任由傍晚的夕照攀爬至左心房……

總是這樣的，一個人的時候想著兩個人的幸福，兩個人的時候，往往渴望一個人的自由。

「有時候，妳眞的會覺得整個人生就像一次『強迫中獎』！」似乎又可以聽見那樣細微的、幽微的嘆息聲。

那是一次陪我姊姊去醫院割盲腸，在家屬等候區裡遇見的一名秀麗女子。說她秀麗，她長得其實並不出色——一張薄唇、眼影、香奈兒82——反而是說起話來的專注神情，讓人不由得陷入一種陶醉的時光，歲月冉冉，哀矜悠悠。

她說：「妳知道嗎？寂寞是最深長的影子，什麼時候有光，它就會出現。」

她還說：「心緒是光照的所在。」

她又說：「城市裡的寂寞就像排隊買脆皮甜甜圈，從瞥見對方的牙齒開始，我們已經談了三秒鐘戀愛。直到午夜鐘聲結束，各式各樣的歡笑與霓虹燈皆離奇消失，我們脫掉玻璃鞋，等待下一次的南瓜馬車。」

她說：「我們其實都像一座孤島。」

我們都害怕寂寞。

我們……

如果在平時，我會毫不猶豫地摒棄和她主動談話。可是那一天，等待手術的結束實在拖得太長了，那些護士早就跑到隔壁喝起下午茶（因為我們都聞到了濃濃的咖啡香和陣陣嬉笑）。於是，為了打發時間，我便昏昏欲睡地有一搭沒一搭，和那薄唇女人聊起天來。

她先是問我來做什麼手術？在哪裡工作？是學生還是上班族？然後像是讚美又像是惋惜地說：

「妳的側臉長得很像王菲耶。」

我揣度著她的年紀應該是人家的媽了，說起話來才會這般俐落與瑣碎。她說是啊，都兩個孩子了呢——不過，她回憶起第一個那個，是結婚前糊裡糊塗流掉的，當初根本沒想到，直到後來肚子痛掛急診，她才明白過來。

「早知道是個小baby，應該好好把他生下來才對，好歹也是條生命啊……」

薄唇女人說到這裡，嘴角顫了一下，聲音變得哆嗦了起來。我在一旁聽了，心底同樣一跳一跳的——再怎麼說，總覺那是一種情份——如果你把這件事拿去問男人，他肯定會告訴你說，他「只有」一個小孩；可是如果是女人，她會牢牢地記得她曾經生過「兩個孩子」，即便那一個已是早夭的了。

「這大概是女人和男人的不同吧。」

她又陸續向我說起她的男人和生活。她說，欸，早知道結婚是這樣子就不結了，「三十幾歲才結婚哪！」結了婚反而感情淡，倒不如和那些姊妹淘住在一起。結了婚——男人結了婚就像條金魚，只顧自己體面，偶爾妳要他帶妳看場電影重溫一下浪漫，他們喲——總歸一句話，結了婚的男人就是「中看不中用」！所以啊——妳說從前？從前不是這樣的呀！戰戰兢兢、像捧在手心裡像名小公主耶……可是，欸，有些事情遇上就是遇上了，等到要回頭也太晚了，誰叫自己當初要那麼傻呢？以爲人家對妳好就是眞的愛妳，誰知道他只是害怕寂寞而已呢？

認眞說起來，寂寞這種東西喲——眞的是很不容易啊，如果妳做這行就知道了，很多事情都要自己來！要申請證照還要在媒體部門陪笑另外打點地方政府的公關費也不能少……妳知道嗎？本來我是打算去念個外語學院什麼的，可是我爸爸太堅持了，他說他從小就是把我當男孩子看，家裡就我這麼一個獨生女，我也不好讓他失望……

我望著眼前這個嘴唇薄得幾乎看不見血色的女人，突然興起一種錯覺，彷彿她要敘述的並非故事本身，而是那些身世背後的斑駁寓意。

「其實也沒什麼啦！我只是在想說，會不會，我們現在正在進行的人生，會不會其實拆開來，就像『恭禧您，很幸運成爲我們○○○位的得獎人』——妳沒有選擇要不要的權利，只有被突如其來的賦予！妳完完全全只能接受這樣本來沒有的事、卻突然被硬塞的『強迫中獎』？」

臨去手術房前，薄唇女人若有所思地遞給我一張名片：

南大建築事務所

建築師

李玉如（代表作：香榭花園之「雙人衛浴」）

所以說，我居然遇見了當初設計我們那幢公寓的建築師？我遇見了那個「超大豪華衛浴空間」的始作俑者？

正因爲日常時刻我們都習於推開逆光跌落的背影，我們都明白，那些不斷揮舞的闇影有一張詰屈聱牙的面容，我們憂鬱，我們沉默，我們的愛情——忘了曾經一起騎單車流浪、忘了頂樓裡的那群鴿子、忘了城市中心也有流星，我們墜落之前飛升之後，發現仍有一些心事在胸口窸窸窣窣——寂寞是最深長的影子，什麼時候有光，它就會出現……

我們都太寂寞了，所以，我們必須擁有一個足夠容納兩人共處的私密之地，我們都需要「雙人衛浴」？

我姊姊問：「所以說，我們都需要一位戀人，我們都必須兩個人依偎以抵抗歲月中的寒涼？」

也許是這樣吧，我說（隨即想到我姊姊至今還是單身一個人的事實）。也許不是（那幹嘛需要「雙人衛浴」呢）——哎啊，反正……

該怎麼說呢？

「小妹，」我姊姊這時候望著我：「妳是不是覺得像我這樣一直沒有結婚很奇怪？」

我姊姊不待我接話便斬釘截鐵說：「其實，我早就和男人『發生過關係』了！」

「什麼？」我大吃一驚：「什麼時候！那——那個男人呢？爲什麼妳不帶他回來讓我們看

看？」

有這個必要嗎？我姊姊說，其實我也不是很確定我愛不愛他啊。大家都這麼急著在最短的時間內，確定人與人之間的關係——朋友、男女朋友、家人、同班同學、上司下屬——「我愛你」，是因爲你是這樣一個人，還是我也是這樣一個人？我們愛上的究竟是對方所說的某句話，還是純粹的「一個人」？

我姊姊定定地看著我。

再說，我說我和男人「發生過關係」，妳就眞的相信那個對象是男人麼？妳怎能確定「他」不是女人？（因爲我不會說謊？）妳怎麼能夠那麼確定我不結婚的理由是因爲我對男人的要求太高？（而不是「我不能不愛上女人」？）

妳怎麼能夠！

「也許，終其一生，我們愛上的都是自己的想像。」

我停下手邊幫我姊姊擦背的動作，在曚曖的燈光下，突然發覺長久以來，我其實多麼不瞭解眼前這個被我喚做「姊姊」的女人。

這樣一個令人尊敬的姊姊啊。從小不由自主、背負著他人想望的抑鬱小孩。從未曾放任自己簡簡單單讓光陰的流逝侵蝕了自己，從未曾坦誠看待自己內裡明明亮亮的心跡——而今天，關於這樣一個春天的早晨，一股腦的，我姊姊放盡了所有的力氣，不顧一切把她心底最不為人知的私密全部傾洩出來！

她是個偏T的女同性戀？亂搞男女關係的上班族？瀕臨崩潰邊緣的高考及格生？

我不知道該感到被信任的虛榮抑或被怨懟的心疼，怔怔地撫觸著我姊姊白皙的背，似乎再用力一點，她就要像塊方糖那樣，慢慢被我手上的水滴與泡沫給溶解掉了。

「可是，」我還是忍不住發問：「既然妳不愛他，又為什麼要和他發生關係呢？」

「是啊，」我姊姊這時候說：「小妹，老實說，從以前到現在，妳究竟談過幾次戀愛呢？」

像是一記回馬槍，我尋思著這話恍如隔世的意義，正待字斟句酌，不意瞥見鏡中的自己——細肩、細手臂、平坦的乳、微微隆起的小腹；小腹上癟進去的肚臍、肚臍以下抹到一片墨黑之後的濃密弧度、幾乎分辨不出是大腿抑或小腿的一雙腳——與我姊姊赤身裸體的姿態沒什麼兩樣！

我詫異著，彷彿原本遺留在我姊姊那邊的性格、體態、思緒什麼的，全倏地滲透到我這邊來！

我望見我姊姊的身體和我的身體，在鏡中一會分、一會合，無聲無息的分分合合中，我姊姊面目逐漸模糊淡去之際，猶仍微笑地對我說：

「終其一生，無論寂寞不寂寞，也許我們愛上的，都是自己的想像。」

然後我把門推開，呼喊著我母親。

這時候，我母親正坐在房間裡替我父親把屎把尿，似乎早預料到我會跑來找她的場景，出奇冷靜地放下手邊的尿布、水桶，輕輕拍著我的背說：「怎麼啦？又看見『其他』不該看的東西了？」

她擰了一把鵝黃色的液體說：「那個醫生不是早就吩咐過妳說，要妳多休息？怎麼一大早就跑去洗冷水澡？」

她說：「再說，妳姊姊，她，早在我生下妳們雙胞胎那晚，便因爲腦部缺氧而夭折了啊……」

（如果你把這件事情拿去問男人，他肯定會告訴你說，他只有一個小孩；可是如果是女人，她會牢牢地記得她曾經生過兩個孩子……）

然後我癱坐在地上——我遇見了我姊姊——在浴室裡，在輕風徐徐的早晨，我遇見了裸裎而久違的自己。

——原載於二〇〇〇年十二月《第六屆府城文學獎得獎作品集》

（本文獲第六屆府城文學獎短篇小說貳獎）

大旅社

阿姨經常想起十六歲那年，她大姊白淨而沉默的面容。

直到現在，她都還不太能瞭解那是怎麼一回事。只記得那個安安靜靜的小醫院裡，實習醫師匆匆忙忙的背影，護士小姐低聲對旁人說：「哎喲，聽說是難產哩——就是啊，流了很多血欸！可是伊尪婿那邊堅持要將囝仔留下來，結果——欸，結果囝仔和大人最後都死死去啊！實在是可憐喲……」

阿姨始終記得護士小姐神祕而皺眉的表情，那一張細眼塌鼻的寬臉，像一片揪緊的陰闇，彷彿是一次捏造出來的黯敗與哀傷。

每每想到這裡，阿姨不免一陣心酸。她想，她大姊死得可眞寃。

偶爾，阿姨也會想起二哥。想起她二哥從大學畢業回來當天，鞭炮聲從她們王公廟一路嗚響至沈家庄——「嗶嗶剝剝，不輸有人當選總統返回去厝裡哩！」——阿姨總會記起那天：西裝筆挺的二哥攙扶著傴僂的阿爸，阿爸的笑容漾到整個頸後都是，簡直忘了還有大哥正在坐牢這回事。

甚至有時候，阿姨腦海裡會浮現一個男孩，他和她坐在新營國小的司令台上，操著笨拙的口音對她說：

「我……我愛妳！」

阿姨心想，那天夜裡的星空想必是極美極美的淡藍吧。他們就那樣頭頂著一整片銀海，臉靠著臉，小心翼翼地游移——輕輕的、帶有一點試探性質的，兩個人都顯得不知所措，兩個人也都感到一陣天旋地轉。

那樣的場景呵，阿姨眼梢含笑，長長的睫毛一顫一顫，彷彿畫面就這麼模糊了，又清楚了；清楚了，又模糊了——彷彿畫面就這麼靜止下來，下一個延續的動作再也無法記起。

阿姨拚了命想看清楚那個男孩親吻她的情景，可是他的身影越來越小，嬉笑的聲音不斷不斷奔跑，最後成爲追憶裡的迢遠——也就是這一點距離的美感，讓人回想起過去的點點滴滴，不免感到一絲多情應笑的釋懷，那年少的自以爲是與傷感！

總是這樣的，總是在等待的空檔，阿姨會半夢半醒地想起這些。

想起她生命中的第一張獎狀：國小六年級畢業典禮上的全勤獎。想起她初經來潮：漲痛的感覺令她咒誓下輩子寧爲男人！想起她親愛的初戀情人：他們牽手過街時，彼此的手心汗流不止……想起她第一次穿高跟鞋、第一次到台北、第一次學會抽菸、第一次和男人裸裎相對、第一次存摺出現六位數、第一次在飯店吃歐式自助餐……

第一次是這樣的，第一次經歷人生的時候，任誰都還不知道會預見什麼小悲小喜、大是大非——然而這一刻，坐在狹小的甬道底，額頭不斷向膝蓋點著點著，恍恍忽忽中，幾乎讓人忘了還有那世外的歲歲年年——阿姨一個人弓著身，兀自打起盹來，眼前的夢境和心緒無限朝前展開。

也就是這時候，一名女孩走過來輕喚：「阿姨？」

「阿姨啊——」女孩伸出手來推了推：「阿姨啊，四點了！該好進去打掃囉！」

隔了許久，阿姨這才抬起頭來，咕噥地應了聲：「ㄏㄚˊ？」

「我說，」女孩說：「該好進去打掃囉！」

阿姨覷瞇著眼：「噢，好，四點了喲？——好，我馬上來去！」

空氣裡，飄浮著一種混雜了香水的氣味，不知是馨香還是腥騷，總之就是悶。甬道的盡頭，由遠而近亮著一盞盞燈，小小的燈泡如一隻隻小小的眼睛，偶爾眨啊眨的，窺探著阿姨緩慢移動的腳步。

阿姨一張惺忪的睡臉，就這麼時滅時現地浮在那光霧底。

電梯停住時，阿姨手裡拎了一個垃圾袋、一副大紅水桶、拖把，還有一瓶洗潔劑，腳下的塑膠鞋又濕又滑，使得她險些在電梯口跌了一跤。

電梯對過是一張木製的灰底白紋櫃檯，櫃檯後坐著一個大波浪捲的女子，正翹起小指修整指甲。

阿姨微笑著，朝她點了點頭。

「早啊，阿姨！」女子喊。

「早啊，陳小姐——啊妳這個頭可燙得眞漂亮咧！是在哪裡做的？」

阿姨瞥了一眼陳小姐背後的鐘，心底有些詫異，她明明記得自己不過小睡了片刻，夢裡只出現過幾個場景。

陳小姐看見阿姨左顧右盼的模樣，熱心提醒道：「阿姨，今天有六個房間要打掃喲。」

「六間唷？」阿姨睜大眼睛揣想：來這個旅社裡的人眞的變多了。

以前不是這個樣子的。以前聞不到任何菸味的，甚至是大雨滂沱的午后，一個人安靜倚在陽台——那感覺彷彿每一扇的對外窗，都沾染了那麼點翠綠，每一處的角落也都冰涼清心，連帶腥膩的硫磺味也夾雜了一縷淡淡淡淡的幽香。

而現在——阿姨伸出手來接過鑰匙，去扭最近的房間門把。

「咳咳咳！」

「阿姨，別忘了要戴口罩咧！」陳小姐見狀在背後叮囑著。

「噯。」阿姨應，聲音有些聽不見。

就著窗外微弱的天光，隱約可以看出房間裡的擺設：一座紅白相間的梳妝檯、小茶几、床、幾雙脫線的紅藍拖鞋——阿姨走到床邊把落地窗打開，深吸口氣，沉重的睡意頓時清醒了不少。她根本就不曾喜歡過任何一家旅社的房間。總覺得它們的裝潢太過虛假，空調太過糟糕，有時累了躺在白色的床單上，就連自己的人生彷彿也是一場虛假：假假的笑、假假的功名利祿、假假的情情愛愛……阿姨試著把床單抹平、摺好棉被，把梳妝檯上的瓶瓶罐罐收進垃圾袋裡，然後拖地、清洗浴室。

浴室裡，水花不斷從浴缸滿溢出來，熱氣絲絲浮升，濕濡這裡那裡爬得遍牆滿地！

阿姨甫一開門便一陣錯愕，一隻腳懸在門口待進不進，直到臉上撲了水氣，這才回過神來往霧裡探去，摸索著把那燙手的水龍頭給扭緊了。

「夭壽唷，無彩人家的水！」阿姨掩鼻揮手，穿著一雙膠鞋站在滿是濕熱的浴室底。

浴室空間不大，翻黃的碎花壁磚上嵌著一座置衣架，一顆顆透明的水珠不斷自其上滑落，落到渾濁的浴缸底，一滴兩滴、一圈兩圈，圈圈的漣漪像剛下過雨的蓮田，蓮葉上的水珠晶晶亮亮。

阿姨抹掉那一排懸掛的水珠，望了望浴缸，心想這一缸水有些可惜了。她把擱在外頭的大紅水桶取來，朝浴缸裡打了近八分滿的水，又順手捧起水來往自己的臉上拍打，然後拔掉排水孔塞，任由轟隆轟隆的聲響一股腦流入排水孔內，形成一個極小極小的漩渦。

阿姨不免嘆了口氣。

房間外的甬道上，光線依舊時滅時亮。一對白髮老夫婦迎面走近時，阿姨還以為那是一對矮小的孩子。

他們傴僂著身子，抬起頭：「歹勢喲，阮借問一下，這關仔嶺附近有什麼好吃欸？」

這時候，阿姨剛剛打掃完第二個房間，神情有些乏了，卻還是露出一張笑臉說：「喔，這個喲……那個紅葉山莊——那個什麼紅葉山莊的三杯雞不錯吃啦！」說到這裡，阿姨頓了頓，隨即又想起什麼的：「不過，阮旅社在一樓也有附設大餐廳欸！什麼草蝦、紅蟳、海魚仔，還有炒飯、煮麵……愛吃鹹的甜的什麼都有！」

實在是多謝妳喲，小姐。啊妳現在是在打掃是不是？那這樣，我們那間，對，就是五〇七那間，待會妳不要幫我們掃好不好？因為阮太太不喜歡有人進去阮的房間啦。還有那個垃圾，垃圾我們會自己清——喔，每天中午要拿出來倒喲？好好好——啥？阮唷？阮住兩天而已啦，這是阮第一次來𠊎這裡玩欸。𠊎這裡實在是……親像人家在唱的那首〈關仔嶺的青春夢〉……嘿嘿，阮第一次來啦，實在是多謝妳欸，勞力喲。

白髮夫婦一面道謝，一面臨走前對阿姨說，她看起來比實際的歲數年輕，笑起來比蓮花還美，完全是個美人胚子！然後，兩個人就這麼手牽著手，消失在甬道的轉角底。

阿姨抬起衣袖，抹去兩頰暈濕的汗水，嘀咕著這南台灣的夏季實在惱人！她不由得羡慕起那對老夫婦來，年紀這麼大了，彼此還手牽著手，兩個人走起路來衣角飄啊飄的，彷彿這熱氣蓬蓬的溽暑完全和他們沾不上邊。

他們是這島上七月盛夏裡，唯一遺世的戀人。

戀人之間的言語也許美好也許無聊，但比起靜默的冷眼旁觀總要來得多出那麼幾分興味！甚至有時候是肉體上的接觸，那種兩人一命的契合，更是令雙方一陣目眩神迷……

阿姨想到這裡，舉起手來摸摸自己的臉，她想，她還年輕吧？還美吧？雖然不是冶豔的黑貓，但長期以來生就一雙人見人愛的鳳眼、厚唇，唇下沾了一顆黑痣，偶爾額前不經意垂下一縷髮絲——阿姨有些出神地望向腳下的大紅水桶，水面上的倒影點點擴散，微光蕩漾中，她看見自己第一次在男人面前裸裎的過程。

當她褪去身上最後一件衣服時，第一句話居然是：「欸，我覺得現在我好像準備要去洗澡耶！」又或者那個偷偷吻她的男孩，當他們臉面分開之後，彼此都輕輕地笑了——甚至是她離開新營老厝的當天，在頂樓的鴿舍，她望見一整片油綠綠的稻浪不斷向她招手——

「啊！」

這時候，阿姨險些弄翻了大紅水桶。她回過神來，發覺整個身子倚在牆上，頭低著低著，居然又打起盹來！

她不明白自己今天怎麼會這樣睏？

阿姨揉了揉眼窩，深吸口氣，想起適才如歷在目的情景，儘管像場夢，可是夢中似乎缺少了一點什麼——也許是驚天動地的激情，也許是大剌剌的開心、不開心——無論如何，阿姨心中惦記的，始終是那個和她一起坐在司令台上的男孩。

她一面走，一面突然想起他。

她突然很想很想見見他，看他現在過得好不好？這些年來都做了些什麼？

窗外天空灰撲撲的，是風雨欲來前的那種悶熱。

阿姨走進下一個房間時，在門口聽見了這樣的對話：

「不過，就我個人這麼多年下來的經驗，沒有一個男人送女孩子東西卻不求回報的，他們心裡面多少是有些企圖的。」

「那好，就像妳剛剛說的，像妳們這樣的雙B族……」

「可是，我們通常拿到東西就閃人了，第二天就不見了！」

「……」

「——ㄟ，人家在說妳啦，雙B族，釣凱子——」

「操！講什麼『東西』啊？」

「我還『南北中發白』咧！」

「好啦好啦，妳該起床囉！」

「妳發神經喔！幹嘛亂摸我的——」

不好意思，我是來收垃圾的。

阿姨禮貌性地敲了敲門，走進房內，瞥見一位穿著小可愛的馬尾女孩坐在床頭；另一位頭髮亂蓬蓬地抱住枕頭，底下的蕾絲內褲若隱若現，兩個人就這麼叫著扭打成一團。

也許是過於突然的陌生人介入，又或者同性之於同性慣有的戒慎恐懼，原本喧譁的氣氛倏忽沉澱為碩重的寧靜，窸窸窣窣的塑膠袋聲響彷彿時空皆被捏碎，嗶嗶剝剝的律動與電視上有一句沒一句的台詞拉鋸起舞。

小小的房間底，阿姨、兩名女孩，她們三個人有片刻顯得如此奇異而冷漠——像是各自貼靠在鏡頭上被拉長的畫面，聚焦的光圈再擴大些，其中的意象將會逐漸變形，甚至隨時可能爆出無以倫比的戲劇張力！

「ㄟ，阿桑，」這時候，馬尾女孩出聲叫住阿姨：「嘻嘻，阿桑，這給妳做小費啦！」

馬尾女孩伸出手，手中捏了一張鈔票，一隻腳在床的那頭抖啊抖的。

阿姨見狀，愣住了，彎著腰身凝塑不動，拖曳在腳旁的垃圾袋窸窸窣窣、嗶嗶剝剝。

「喂！妳錢多唷？沒事幹嘛把錢給這個老太婆？」頭髮亂蓬蓬的女孩叫起來：「媽的咧！妳錢多不會拿來給我花喔？」

「ㄟ！錢還我啦！ㄏㄡˋ，叫妳拿來——媽的，叫妳拿來妳聽到了沒有！」

馬尾女孩嚷著：「我就是高興要把錢給人家老太婆，怎樣？」

「什麼怎樣？妳是為了這個老太婆存心要跟我兇唷？」

「兇妳又怎樣？」

「媽的——」

「喂——」

「操！」

空氣中，原本嬉鬧的聲音又扭打在一塊了。

沒有更多的意象與默契，也沒令人更動容的戲劇張力，阿姨離開房間的時候，只覺得女孩們的大腿與大腿、枕頭與枕頭之間的眼神、言語，簡直像極了一場鬧劇！

阿姨一面走，一面感到一顆心懸懸的。

她想起遠在北部念書的女兒，她們許久沒見面了。幾天前，她打電話去學校宿舍找她，接電話的女孩子說她還沒回來呢。那時候，已經晚上十二點了！學校的宿舍大門早就關了，就算回來，能夠住哪裡呢？是同學那裡嗎？還是，隨隨便便的一間旅社？

如果是旅社的話，會是孤身一個人嗎？恐怕是兩個人吧？像她女兒那樣經常有男生打電話來家裡的熱絡情況——阿姨想到這裡，心底哆嗦了一下，彷彿剛剛那兩個嬉鬧的女孩又來到她的面前，抖著鈔票說：

「喂，老太婆，給妳！」

她想，她女兒總不會也是這副神氣吧？不會也在別人面前這麼稱呼她吧？

老太婆！

阿姨不由得眼前一陣黑闇。

黑闇的是一件標有英文字母的男用內褲，此刻懸掛在浴室的置衣架上，隨著天花板嗡嗡作響的抽風口輕輕搖晃著，晶瑩的水珠自褲襠處滴滴落落。

阿姨臉色有些不大自然，瞥過眼去。

她彎下腰，把排水孔上的毛髮撿拾起來，隔著塑膠手套捻著捻著，沙沙作響，分辨不出是什麼觸感，只看得出來有幾撮是去染過的，褐黃地一圈一圈，另外還突兀地夾雜了幾根彎彎曲曲的短毛，想必是女人和男人的頭髮吧？

然而——阿姨旋即覺得不對，那粗黑的、曲折的短毛，彷彿是男人或女人身上的體毛呢！

這麼一想，阿姨的兩頰頓時熱烘烘的！她反反覆覆搓揉著那團毛髮：黃的、黑的、橘的……橘色的塑膠手套在燈光底下發出淡淡的光芒，朦朧中，一種奇異的、溫暖的懷舊感受像古代立軸的背景，簾幕微掀，畫裡走出一名男人而不是美女！

男人長年覆蓋在長褲底下裸裎的雙腿交互擺動，濃密的黑茸一路沿著白皙的小腿往上爬，恍恍惚惚朝阿姨這個方向越走越近、越走越近……

「不，不好意思……我，我想上個廁所……」一名男人——準確一點來說，是一名少年，全身僅僅穿了一條黑色內褲，惺忪的臉上露出那種忽忽臨事、不得不逞強的難爲情，語調有些生澀。

阿姨同樣吃了一驚，她匆匆忙忙將手裡的那團毛髮塞入口袋，嘴裡含糊著：「喔，歹勢、歹勢，我馬上出來！」

也就是他們在浴室門口錯身的剎那，阿姨清楚瞧見了少年腿上的肌肉相當結實，黝黑的皮膚透露著年輕男人才有的那種光滑：純粹是明晰光潔的圓潤。她眼睫低低的，始終沒敢抬頭去瞧少年的臉，也沒有注意到那腹肚以上緊繃且平坦的肌肉，小而圓的肚臍有幾絲探頭探腦的毛髮歡鬧圍繞。

阿姨隱隱覺得，這少年郎的體格眞好，好像她大哥年輕時的光景。

她一個人倚在梳妝檯上，面無表情地在浴室外等著。等著等著，少年一直沒有出來的意思，她試探性地朝陰闇的房間裡一望，想說能不能順便替少年整理些什麼？

她瞧見落地窗旁的床上，胡亂堆疊了少年剛剛掀開的棉被，棉被底下浮現出一個人形印子——阿姨原本預設會有一個女人躺在那裡，可是出乎意料地，她什麼也沒看見！

她又回過身去，瞧見茶几上擺了幾瓶提神飲料，裡頭都是空了的。茶几旁的兩隻皮沙發上，分別擱了一件白背心與打摺西裝褲，沙發底下的紅藍拖鞋整整齊齊，看得出來並沒有動過。沿著床邊到茶几的暗紅地毯上，鋪了一條又一條原本是用來擦拭身體的浴巾。

阿姨覺得奇怪，不明白這個少年究竟在想些什麼？她想，該不會是個逃家的吧？否則房裡怎麼看不到任何一件行旅？又或者，是來找樂子的吧？否則浴室裡怎麼會有女人的頭髮？

阿姨一面想，一面愣在床沿，好一半晌，突然聽見浴室裡揚起嘩嘩的水聲，她有些錯愕的，快步走到浴室門口叫著：「喂！少年耶，啊你是在洗身體喲？」

「ㄏㄚ？喔，是啦！阿姨，這妳免擱掃啊啦！」少年把水柱扭小了些。

「喔？」

不知怎麼的，阿姨感到若有所失。她走回房內，環顧地看了看四周，總覺得房間裡有一股屬於少年的氣味。氣味隱隱約約貼附在少年躺過的床上、枕頭，是很清爽很恬適、初聞時有些刺鼻，習慣了之後讓人不由得想親近的那種杏仁味。

阿姨深吸口氣，仰著臉，感覺自己許久以來沒有被這樣的氣味擁抱了。

她想起這麼多日子以來，無論是身處在陽明山的溫泉旅館，或者關仔嶺的仙草埔，真正讓她感到心情平靜的，不過是那山中縹緲的硫磺味罷了。

然而認真說起來，硫磺味和男人的體味——尤其是年輕男人的體味——這兩者的味道終究是兩樣的。前者是純粹的腥羶，後者除了腥羶之外，還帶有那麼一點可親近的氣味。

阿姨不知不覺又深吸口氣，落地窗上的暗色玻璃裡，倒映出一名豐腴女人自我陶醉的神情。阿姨慢迴過眼來，被自己的影像嚇了一跳！她轉過身去，把茶几上有的沒的空瓶子全部收進垃圾袋裡，又把暗紅地毯上的那些浴巾一一拾起。

欸。阿姨嘆。

走進五〇七號房的時候，窗外灰暗的天空依舊沒有打算下雨的意思，只是原先的悶熱更爲沉滯難耐，層層壓迫著阿姨昏昏欲睡的念頭——阿姨實在不懂自己今天爲什麼這麼想睡？她早早忘卻了那對老夫婦的殷殷交待，一股腦推開房門，摔進鬆軟的彈簧床上。

床上擱了一個大而厚實的灰褐色皮箱，從皮箱的開口望過去，阿姨側睡的臉龐像極了某次兇殺命案慣有的取景。她的人生經歷從來就不是一條直線。好比一部獨立製片，眞正讓人回憶的不是影片內容，而是運鏡角度——從她負氣和男人離開新營老厝的畫面開始，我們可以看見鏡頭前景跨過一大片嘉南平原，空隆空隆的火車奔馳猶如動作片的節奏配樂。

然後是俯角的近距離拍攝，畫面上的男人和女人分不清楚正在接吻還是互訴情愫什麼的，只聽見觀眾席上傳來竊竊私語：哇，他們居然穿著白色四角褲！或者偶爾的跳接敘事手法——這時候，鏡頭必然晃動不已地聚焦在女人面無表情的臉龐上，而男人剛剛騎著機車和女人從某家旅社離開，也就是在一個山路的彎口，女人顫聲地告訴男人說：我覺得自己快要滑下去了！

還有許許多多毫無意義，卻被賦予了過多解讀的沉靜畫面，諸如女人懸掛在男人肩膀的黝黑腳板、窗外旋落的櫻花、陽明山夕陽、萬里的漁家燈火……這時候，阿姨撐起身子，看見眼前的皮箱裡，整整齊齊的服飾上散落了十幾張照片，照片裡是山嵐霧靄的靜態風景，仔細一看，彷彿是好幾年前的陽明山留影！

她一張抽換著一張照片：中國大飯店、逸海大旅社、北投老人安養院、地熱谷、法藏寺……越翻越快、越看越不經心，阿姨甚至忽略了其中一、兩張照片，上面是一輛機車正準備旋過路口，機車後座的女人表情有些驚恐；或者一個男人和一名女人正準備走出旅社——而照片上的那些女人側影，隱隱約約和阿姨年輕時候完全一個樣……

阿姨很快地翻到了底下幾張照片，照片裡居然有她二哥攙扶著阿爸的情景，兩旁的鞭炮一片漫漶；還有一張是產檯上的女人張開雙腳，嬰兒黑紫的面孔正自兩胯間探出；另外一張是一名年輕男子滿臉髫渣的俊美，血紅的液體像乍開的罌粟花，被子彈貫穿的腦袋後方有一枚青天白日滿地紅徽章——

阿姨震動極了！無法相信這些照片——這些照片怎麼能夠和她的人生相生相印？這一疊不知從哪來的影像，怎麼能夠活靈活現、毫不保留地展示了那些她心底長期以來，始終不爲人知的深層情緒？

她又把那幾張照片反反覆覆翻看了幾遍，她甚至想在裡頭找出一張屬於那個偷偷吻她的男孩……她翻了又翻，連皮箱的內袋裡都找遍了，卻沒有一件更值得讓她驚奇的發現！她心底有些失落，彷彿這個下午的一切是她的一場眠夢，夢境都要結束了，卻還決絕地不讓她看清那僅有的一點溫情，這人生虧欠她的幾許幸福。

阿姨癡癡地走到落地窗旁，窗外依舊是層層疊疊的雲塊，窒悶的炎熱像要把人勒住一樣。她手裡緊緊捏著那幾張照片，想起長期以來的反覆機械：開窗、打掃、拖地、抹桌子：

⋯⋯她突然興起一股傷感的情緒，彷彿自己這輩子就要這麼過去了！沒有令人心驚的情節，卻有最平凡庸俗的場景；沒有太多歡鬧的氣氛，卻免不了傷心使氣——以前聽人家常說：「一個人的性格決定一個人的命運！」那麼，她是創造了自己的一生，抑或自毀前程？如果當初她是聽從阿爸的安排，嫁給隔壁賣豬肉的；如果當初她不是和男人私奔；如果她——如果沒有如果，也許，她現在就不會是這個樣子了吧？

掃地阿姨？老太婆？仲介色情的阿姨仔？還是——待過溫泉鄉的特種營業小姐？

阿姨眞的不明白極了，忽忽感到眼前的景物皆震動起來。

震動的不只是遠山的草木扶疏，就連她腳下踩著的木質地板也嗡嗡作響起來，房內乒乒乓乓的撞擊聲此起彼落，阿姨聽見或遠或近有人驚慌大喊：「地震喔！」「地震啊喔，緊來走咧！」聲音伴隨著影像上上下下，四面八方的寧靜似乎都被傳送得更遠更遠。

阿姨本能地跑出房間外，朝紛雜的腳步跑去！甬道上的擴音器，依舊哇哇咧咧地播送著：

「各位房客，請，勿慌張！請，依照本，旅社逃生——謝謝您的合作！」

人群裡，不論陌生或熟識，大家面面相覷、議論紛紛，阿姨感覺到自己的身子不斷被拱起、放下，再拱起、放下，聲音幾乎將她淹沒，她手上拎著一個垃圾袋、一副大紅水桶、還有一支拖把，一切和她剛剛進入旅社的時候沒什麼兩樣！

她站在那裡，抬起頭來，想看清楚眼前的情景：剛剛在房裡遇見的那個赤身少年、打算給她小費的那兩名少女、還有櫃檯的陳小姐、跑來叫她不要再打盹的小妹……然而就算她拚了命地墊高腳尖，依舊不見那一對白髮夫婦——如果再度遇見他們，她一定要問個明白，爲什麼他們會有那些照片？照片上的影像又爲什麼全是她記憶中的場景？

她一定要問個明白！

也就是這一刻，原本聳立的那棟建築物開始崩塌！一層樓一層樓的，直達第四層樓——也就是大旅社所在的那一層樓時——轟然一聲，整座大樓像被爆破那樣，頹倒在地！

「啊！」

四周圍觀的人群忍不住叫出聲來，紛紛朝後退。

阿姨目睹著眼前這一切，不過是她搜尋老夫婦的瞬刹，原先還置身其中的那座建築物，竟已夷爲平地！灰濛濛的塵土自瓦礫堆升起，凌擾的煙霧超現實畫派地纏繞成一圈一圈！圈圈的漣漪中，阿姨彷彿又看見剛下過雨的蓮田，蓮葉上的水珠晶晶亮亮，她赤足奔跑其間，看見南台灣最清冷最翠綠的稻浪連綿，看見她生長的土地她的美麗她的離去她的任性使氣——她不斷朝前奔跑不斷朝前奔跑，似乎她的人生一直在逃離腥羶的硫磺味，卻始終千方百計地被它召喚回來！

她的人生似乎只有在這樣熟悉的氣味與陰闇的甬道裡，才得以感到安穩。

她不斷奔跑不斷跑，整個腦海都空白了，一顆心依舊糾結在一起，她突然興起一種萬般皆不是的激動，只聽見遠方隱約升起那對老夫婦的聲音：

「欸，這樣一個水姑娘哩！」

「就是啊，比實際歲數還年輕呢……」

「可是，怎麼會跑去做『那個』咧……」

「無彩啊，少年時陣不會想哟。」

阿姨心底眞的慌了！

她隨著聲音跑過來、跑過去，跑向左、跑向右！一會在前、一會在後！她在人潮裡追尋著，身旁所有的景物都淡化下去了，所有的人的舉動也都像慢動作那樣，停滯在某個抬腿揮臂或噘嘴或睜眼的肅穆之中。

阿姨試圖撥開人群，卻被壅塞的空間擠得騰空了起來！她不由自主地往另外一個方向移動，她想尖叫，聲音卻悶悶地卡在喉嚨喊不出來，只看見她一張一合的嘴唇。

她驚慌地回過頭去，斑剝的旅社只剩下歪曲的鋼筋，就連花稍的鐵製招牌也不知堙沒至哪裡了，一縷一縷盤旋的塵煙裊裊升起，依稀中，似乎還可以看得見那對老夫婦手牽著手離開的背影，也就是在他們走了很遠很遠的距離之後，那位老先生和老太太預謀似地突然回首，鞠躬，朝阿姨露出一個似笑非笑的表情……

阿姨愣住了，總覺得似曾相識，彷彿是——彷彿是她阿爸的臉、母親的淚眼——她奮力地掙脫人群，朝那影像奔去！越奔跑，影像越離她遠去！兩旁的山景形成極長極長的闇影，直到她再也跑不動了，頹倒在地，整個人絕望地望著眼前的殘垣斷瓦、碎石斑斑。

這時候，天空下起雨來了。

阿姨聽見有人在她耳旁以一種私語的、輕狎的口吻說：「妳眞是一個美人肧呢。我們再來一次好不好？」阿姨猛然回過頭去，掄起拳，朝那聲音的方向迎去！朝那現實與虛幻之間毫不留情擊打！

然後我們都將看見，在大雨滂沱的狹仄山路之間，有一名六十幾歲的矮胖女人，瘋狂也似地在雨中舞蹈祭祀般的瑰麗姿態，然後我們也都將聽見，她從口袋裡摸出一撮不知是什麼的黑色物體，兀自將一張滿是皺紋的老臉，埋在雙手之間（還戴著橘色塑膠手套的），無聲而哀切地痛哭了起來——

——原載於二〇〇〇年十月十八日～廿一日〈聯合副刊〉

（本文獲第三屆全國大專學生文學獎小說首獎，入選九歌版《八十九年小說選》）

宛若我父

這麼多年下來，她第一次如此近距離地看著她的父親。

寬額，粗眉，眉梢長過眼梢。單眼皮，睫毛參差而修長，東方味裡的那麼點西式情調。鼻根挺立，隱隱約約可以看見其中傷口縫合後，留下一道吋餘來長的紊亂疤痕。抿緊而平薄的唇，鬍渣點點——有稜有角的骨架撐起輪廓分明，完全的粗獷與俊美的形象！

她緩緩移開目光，發現她父親兩鬢夾雜了極多的蒼白，她輕輕地，怕驚動她父親那樣的，爲他抿了抿髮。

怎麼說老就老了呢？她想，心頭不由得湧上一陣酸楚。似乎自懂事以來，她就再也沒有這樣仔細看過她父親的臉了。

記憶裡，她父親總是壓低著頭，或者兩眼空洞地望向遠方，很少和她們說話。偶爾吃飯才想起什麼的，從密密麻麻的報紙鉛字中抬起頭來，對著還在客廳裡的阿弟叨唸：「欸，小子，該吃飯了，還看電視？」然後又專心一意地低下頭去繼續扒飯、看報，僅僅留下頭頂一條整齊而白的髮線。

她父親的髮型，長期以來就是那種四平八穩的西裝頭，是很服貼看起來很正直的公務員款式。

他們在山區一所大學旁開設麵包店，她印象中的麵包師傅始終是一件翻黃汗衫、成天頂著肚皮擀麵團、扛烤盤之類的老粗，然而她父親完全不是這樣的形象。他在店裡收銀機前貼了一張小紙條，上面娟秀地寫著：「一個人乾乾淨淨最重要。」乍看之下彷彿有那麼點意味——指的不知是什麼？

每天，她父親照例梳著清爽的西裝頭，照例穿戴得整整齊齊在烘焙室裡進進出出。忙的時候，經常是白皙的麵粉一點一滴覆蓋整個手臂、肩頭……那時候，她年紀小，喜歡坐在收銀檯後，仰起頭來張望她父親像個大雪人般的忙碌身影，小小的心底湧起鼓脹的充滿，久久不去。

「爸爸的臉，是ㄕㄥˋㄉㄢˋ老公公的臉。是ㄩㄢˊㄩㄢˊㄆㄤˋㄆㄤˋ的臉。」

她在作文簿子裡歪歪曲曲寫著：「爸，爸，的，臉——」她父親看了，一身工作服上抹了抹手，只是笑。她母親從擀麵房裡走出來，一隻手擱在她父親的肩上，一隻手支著收銀檯，兩個人就那樣一坐一站地面對著那本綠色作業簿。

她父親露出潔白的牙，漾起的眼梢肌理與細紋像輕飛的薄翅——她踮起腳來，極力想看清楚她父親和她母親的微笑，然而除了不斷拂過她臉龐的粉末碎屑，她只覺得脖子一陣痠疼。

後來，她父親帶她到住家附近的眼鏡行時，她這才看清楚，她父親其實沒有想像中來得高大。他站在她面前，在一個箱形儀器旁，安靜地看著驗光師切換圖片。

「來——小妹妹，乖，看叔叔這邊喲。」她有些心慌，手足無措地向她父親求援，但他的眼神有片刻並不帶感情。

「是這樣清楚，還是這樣清楚？」驗光師在一副鑲有刻度的眼鏡上，迅速而老練地安插不同的鏡片。「是左邊比較亮呢？還是右邊比較亮？」她父親仍然有一會沒一會地看著她，驗光機透散出不確定的青森，隱約映照出她父親半個表情的光亮，他削瘦佇立的身長——她父親，他究竟有多高呢？

「65.5 ㎝聚焦，散光五十，左眼一百二，右眼二百。」負責抄錄驗光結果的助理小姐露出年輕女孩的甜美笑容：「好了，妹妹，很乖喔，出去走一走，看看地平不平、頭會不會暈？」

她回過頭，瞥見她父親目光直直地勾著助理小姐的側臉。

那時候，她已經小學四年級了，說話的聲音抑揚頓挫，清楚許多。回家的路上，她告訴她父親：「剛剛那個大姊姊笑起來好漂亮喲。」——她原本打算使用「可愛」這個字眼——事實上，她內心眞正想表達的是：

「剛剛那個大姊姊『戴眼鏡』笑起來好可愛喲！」

她父親原本一語不發，突然停下腳步望著她：「不會啊，小惠其實也很漂亮啊！」

天際輕飛的雲朵東一條、西一條，初秋的夕陽使得她父親的側影變得更加柔和，她幾乎忘卻自己長期以來深受嘲弄的兩頰雀斑，——「小惠其實也很漂亮啊！」她又重覆了一遍這句話，一顆心怦怦怦地。

然後，她父親突然懊惱地叫起來：「欸，我把家裡的鑰匙放在眼鏡行了！」

所以說，她父親的健忘，他的記性，是從那次之後才開始失去頭緒的嗎？

長期以來，她父親就爲偏頭痛所苦——心悸，嘔吐，怕光怕吵，無端自夢中驚醒——按照她父親的說法，頭眞正痛起來的時候會看見一道一道閃電，「就是晴天『霹靂』那種！」

她往往暗自竊笑：「那，『颳風』、『下雨』呢？」

然而每當夜闌人靜，聽見她父親傳響自浴室渾濁的嘔吐，她不免一陣心驚，難受地感受到自己的太陽穴同樣激烈抽動。

又有一陣子，她父親開始吃藥——一種醫學上尚未證實但用來作爲「人體實驗」的藥劑。

她父親對於吃藥的事，始終抱持著極爲排斥的態度，「對腎不好！」但在各種診程全部失效後，他不得不接受醫師的建議：「算是幫幫忙，對國內的醫藥研發做個貢獻！」

「反正免費嘛！」年輕的醫師笑著——年輕人的笑容像永遠揮霍不盡的精力。

大抵是這個緣故，她父親的記性時好時壞。

有一次，她父親突然問起：「今天中午我送便當去學校時，妳怎麼不在教室？妳不是四年六班的嗎？」天曉得，那時候她已經開始每個月有幾天必須忍受腹下異常的疼痛，甚至開始嫌棄她母親選購自夜市的內衣品牌，而她父親對她的印象，居然還停留在那個視力檢查的傍晚？

另外一次是十二歲的生日上，她父親望著熒熒跳動的燭火，突然傷感了起來：「那時候妳才一歲多，發高燒到三十九度半，我和妳媽連夜開車送妳到醫院，結果隔天早上我們班拍畢業照，我也沒去……大學四年生活欸——」

她母親在一旁聽了，睜大眼睛：「啊你是在發神經喔？那天發燒的明明是阿弟啊！」

同一時間，她父親喜歡上咖啡的味道。

醇美味甜的拿鐵咖啡。口感柔細的維也納咖啡。芳香但略帶苦澀的卡布奇諾咖啡。適於清晨微醺的法利賽亞咖啡。味苦的摩卡咖啡。深富神話性格酸味質感皆恰到好處的藍山咖啡。拿破崙的最愛弗萊明咖啡。黑洞咖啡。梅蘭錫咖啡。俄式濃冰咖啡。鮮奶油濃縮咖啡。魔力冰淇淋咖啡——以及，含有二分之一盎司薄荷酒與蛋黃的冰咖啡——她父親最愛的墨西哥落日。

一如製作糕點的投入，她父親連喝咖啡的種種細節亦認眞執著。比方電動蒸氣咖啡機的高溫其實會灼傷咖啡粉，破壞咖啡原來的酸味，完全比不上幫浦壓縮咖啡機。

或者，一台好的磨豆機與次一級的磨豆機之間，彼此存在著無可彌補的優劣口感。甚至牙買加藍山咖啡豆不同的煎焙階段，即使是零點零一的差距，也會使得原本正宗的身分，淪爲來自哥倫比亞豆的「仿藍山式冒牌味道」。

那一陣子，她經常在誤以爲是房子崩塌的震動中醒來。

「喀嘰——喀嘰——」研磨機的氣息闖入夢境與清醒的恍惚渡口，她遊走在一縷溫馨而律動的氣氛之中。「喀嘰——喀嘰——」彷彿牆板被啃食而逐漸鬆脫的聲音，偶爾極深的夜底，她會聽見這類不知是夢或現實的騷亂。

後來，她父親便失眠了。

「咖啡因裡具有刺激中樞神經或筋肉的作用，可以使筋肉放鬆、恢復疲勞，並且促使頭腦反應靈敏……」年輕醫生說到這裡顯得相當不悅，他振振有辭，偏頭痛患者最忌的便是刺激性飲料，「否則，『實驗』怎麼繼續？」

她父親坐在診療椅上，一如許多時候，目光開始飄散——「在另一方面，咖啡因能夠提高心臟機能，促使血管擴張，平定頭痛，舒暢神經。」走出醫院大門，她父親倔強地翻閱著他的咖啡入門手冊，喃喃自語。

關於咖啡點心的做法：首先，將四只全蛋蛋黃、蛋白分開，打散蛋黃後倒入五十C.C.的鮮奶中攪拌均勻，並隔水加熱至七十度左右。然後倒入五公克的可可粉，再將四十C.C.冰水攪拌均勻的吉利丁粉放入（其間應不時測溫，將溫度保持在八十度左右，如此方可讓吉利丁粉完全發揮效用）。再加入四十公克的巧克力，攪拌至巧克力融化，然後將一百五十公克的鮮奶油打至發泡，倒入巧克力醬中均勻攪拌，再加入十五C.C.的蘭姆酒，最後，將咖啡慕斯塗抹於三分之一的巧克力蛋糕上（現成的巧克力蛋糕可在麵包店買到，若想自己做，則可參考前面的內容），然後三層蛋糕都夾上咖啡慕斯，再於外表塗滿奶油與裝飾即可。

她父親因著失眠而研發出一款名為「日出寂寞」的巧克力慕斯蛋糕時，山區的幾家麵包店還停留在傳統製作蛋糕的觀念裡：蛋糕是慶生、慶祝；蛋糕是圓滿、希望；蛋糕是喜悅——更何況還名為「寂寞」的呢。

然後，「日出寂寞」便大賣了。

剛開始是一位中文系的學生詫異著，糕點居然也可以擁有如此詩意的名字？再來是一份週刊的大幅報導：「在這個城市裡，你不必像現在這樣，拚命擠著和那麼多人上補習班、上廁所，你突然很想放掉所有的力氣，任由時光像水一樣流逝，任性妄為地擁抱、親吻，在光芒萬丈的無人島——」

整個山區大規模地感染了這類氣息，每天人們往店裡移動，晨起的日光勾勒出他們憂鬱的面容。

「爲什麼要叫做『日出寂寞』呢？」她順勢咬了一口手中的巧克力慕斯。

她父親拿起桌上的一塊蛋糕，指著整齊劃一的切面對她說：「妳看，這個黑色的巧克力夾層顏色好深，好像『寂寞』的心情。露出來的慕斯白白的，妳看，這像不像每天早上的『日出』？」

她抬起頭來，光線在通過她父親之後的天窗滑落，他的眼底充滿海洋般深邃的光澤，不知從眉宇抑或嘴角漾開來，彷彿只爲讓她看見這一幕親愛。

「爸爸，你也吃嘛，好好吃喔！」她語調柔軟，初初抽長的手臂白而細緻。

那樣美好的父女關係，那樣溫馨感人的氣氛，後來——後來是怎樣漸行漸遠的呢？大約是「寂寞日出」開始退流行那一陣子吧。一天夜裡，她父親喝得酩酊大醉，吐了客廳一地污穢。她從烘焙室裡跑進大廳，費力扶起她父親，一面收拾一面皺著眉頭：「爸，你以後不要這樣好不好？」

話還未收尾，她父親歪歪倒倒衝了過來，一甩就是一記耳光：「什麼不要這樣？什麼不要——ㄏㄚˊ？」她愣在那裡，月光爬上腳背，風穿過屋後闇黑的長廊發出嗚嗚低咽。

從那之後，他們沒再交談過任何一句話。

暑假的尾聲，她初經來潮，暗紅的血色印染在碎花褲底，兩胯陰鬱的悶濕預言她理應有一場淚眼汪汪的手足無措，但她沒有書上描述的那樣慌張，在她母親的協助下，她冷靜地處理了身體的變化。

那一天清晨，準備出門上學的時刻，她父親在客廳裡叫住她。「欸，」像是愧疚又萬般難為情地，她父親乾澀地說：「從今以後，妳就大漢了，再不是一個查某囡仔了！」他的聲音聽來異常遙遠，極緩極輕地落葉在屋外響著：「以後，出門在外，要懂得照顧自己，妳媽媽教給妳的事情要記住，該帶的東西也別忘了帶，知否？」

那是個風雨欲來的早晨，她站在大門前，望著她父親坐在沙發裡的側影，他們的目光分別越過彼此，沉默的心緒凝凍成四壁蜷縮的霉氣──都說夫妻之間沒有隔夜仇，那父女呢？

客廳裡未嘗扭亮燈，以致看不清楚她父親來回揉搓掌心的窘促，她欲言又止，最後似乎下定了決心，雙唇微啓地對她父親說：

「爸，我出去了。」

升上國中之後，她開始對於自己的生活感到不滿──包括對她父親的厭煩，她不再覺得她父親是個愛乾淨的人（因為他只有脖子以上乾淨），她也不再認為他的髮型有多整齊好看（因為太過於老氣），甚至她瞧不起她父親諸多的習慣：比如邊吃飯邊看報紙、喝湯嘖嘖有聲、穿件汗衫便外出逛街、衣服襪子統統混進洗衣機裡……她開始無法忍受她父親的一切，一種令人窒息的、不快的氣息像青春期的莽撞激素，他們之間存在著一頭獸，隨時有尖銳的嘶吼即將衝撞開來！

但她父親依舊按時接送她往返補習班。

有那麼一次，她父親為她關車門時不慎夾傷了她的手，她當下叫出聲來，小指泛起一道淡淡的紅豔。

「有沒有怎麼樣？」她父親問，語調一派平靜。

她在駕駛座旁大為氣惱——哪有這樣漫不經心的父親？後來回到家，進門時她父親同樣被夾傷了，他逕自撫視著指尖說：「喏，這就是爸爸剛剛的報應！」

另外一次同樣發生在車上，一個前往學校途中的下雨早晨，她和她父親始終沒有說上一句話。隔著灰色的車窗和車窗上不斷滴落的水珠，山坳裡兩旁的林蔭、斑駁的橋墩、街上的行人、大廈……她可以看見樹葉落地的渺遠歸屬，可以聽見方向盤沙沙沙的摩挲，甚至感受到她父親心跳的起伏——他們的世界如此潔淨，如此沉重，永無止盡。

像是她的沉默刺傷了她父親的自尊，在幾個岔路的轉彎之後，她父親終於忍不住開口：「我們……妳好像都沒有話要對我說喲？」

「哪有！」她很本能的反擊：「我只是沒有睡飽而已。」

那時候，車上的廣播節目突然奏起貝多芬的命運交響曲，一陣沉重的搖晃感迎面襲來，大片大片擋風玻璃上的水珠偏差了光，刺耳的喇叭聲如同一支支箭，咻咻發出凌厲的鬼氣！

「喂！」一個啤酒肚的男人氣極敗壞地奔過來，對著駕駛座吼：「幹，幹你老師咧！啊不然你是第一次開車喲？」

她父親搖下車窗，陪著笑臉道：「大哥，欸，別生氣啦，沒有給你撞到啦！」她在另一頭也搖下車窗，一輛寶藍色的小貨車車尾大剌剌地橫在她的面前，相距不過咫尺。

男人狐疑地彎身查看，打了一個響亮的酒嗝，然後從她身旁的窗口對她父親說：「算你──呃，算你有做功德啦！下次再給我堵到喲，哼哼，卡小心欸啦，幹！」說著，一隻滿是油污的掌心朝她後腦惡戲似地推了一把。

她父親原本打算發動車子離開了，突然話也沒說，虎地衝下車去朝男人歇斯底里地喊著：「媽的──你憑什麼推我女兒！你憑什麼推我女兒！」

男人先是一愣，隨即掙扎著不知從哪抄來一支滿是鐵釘的木棍，嘟嘟嚷嚷：「操！我操給你死！我要殺給你死！」

舞動的人影、雨珠、來來去去的喇叭聲──她置身在這突如其來的一切，急欲出去卻因爲小貨車的車尾攔阻而無法推開車門──窗外的水氣夾雜著冷與模糊，嚴實的充滿，似乎眼前所暈濕所沾染的不再是晶瑩的顏色，她聲音顫抖地尖叫起來：

「他是我爸爸！他是我爸爸！」陰鬱。

洞穴般黯淡的色調，氣味。

「所以呢？」

（陰鬱）

「後來呢？」

（陰鬱）

「接下來呢？」

男人問。

騰升的熱氣緩緩沉降，她試著往浴池更深處隱去，不意觸碰到那令人萌生不潔的諸多岩塊，她本能地縮回腳，雙手撐著池沿，任由身體沉浸水中，彷彿被棄置的小孩，一股巨大的不知所措層層疊疊，壓得她喘不過氣來。

「怎麼了？」男人從身後伸過手，雙掌濕濡。

她微微閃躲，錯愕著，總覺得自己似乎太快把感情投入了。

在這更早之前，他們走進這座附設有泡湯隔間的餐廳時，服務生引領他們到後方水池「挑魚」，她先是不明白其意，繼而看見一尾兩、三尺長的鱸魚被撈起，然後——一把榔頭迅速往活蹦亂跳的魚頭猛然敲去！

「啵吭——」

（殺給你死！我要殺給你死！）

「活魚三吃，本店招牌。」

（你不能殺死他，你不能殺死他！）

「您要糖醋清蒸，還是爆炒三杯？」

（他是我爸爸！他是我爸爸！）

「小姐，您一定要嚐嚐。」

又出現了，倉皇的語調，熟悉的情節穿越時空長廊，盈滿兩側不確定亦不能永久的驚嘆。

那麼，後來呢？

後來——她輕輕地抓著他的背脊、他厚實的臂膀，溫度從她指間淅瀝淅瀝滑落，只留下滿是濕潤的雙掌。她可以聽見雄性粗重均勻地呼吸聲，他貼著她、她抱著他——她和她父親，他們之間也有如斯私密的時刻嗎？

距離大學開學前夕，她父親和她各自拎著大包小包的行李佇在台北火車站月台。準備出發到南部的時刻，地下室特有的潮霉偶爾發出一聲咳嗽抑或一次噴嚏。空洞洞的隧道是一條長長的咽喉，黑色的、焦慮的，亟欲表達什麼的，但他們之間連一句「請」都說不出口。

然後，火車進站了，她父親幫著她把行李拎上車，臨行前塞給她一張一千元：「到了那邊就坐計程車去學校！」

她望著她父親離去的背影，總覺得自己似乎應說些什麼——然而，一如那個風雨欲來的早晨——直到火車開動之際，她始終保持著沉默，在越來越模糊的視線裡，他父親激動地揮舞著雙手，逆光的臂膀一顫一顫，彷彿極力壓抑地，極大的震動。

「我知道那種感受。」

男人說。聲音平平地聽不出任何感情。

她感覺到自己內心的什麼被深深刺痛了。

「哭什麼？傻瓜！」男人輕聲安慰道：「我不就在妳身旁嗎？」

又濕又暖的氤氳一波一波傳送到她背上，令人窒息的恐懼都被壓擠出去了，只有她和男人的溫度，只有他們的身體緊緊依偎。

她側過頭去，異常專注地望著身後的這個男人，他們之間是怎麼開始的？她愛他嗎？他對她的感情又是抱持怎樣的看法呢？

「拜託！妳別胡思亂想了好不好？」對著行動電話，男人嚷：「不是早就跟妳說過了嗎？加班嘛！——什麼水聲？哪來的水聲，拜託——」

「好啦好啦！」又是不耐煩的表情。

「ㄅㄚㄅㄚˊ……ㄅㄚˊㄅㄚˊ晚上要回來吃飯喲！」電話那頭，突然換上小孩子稚氣的聲音。

如果，女兒是父親前世的戀人——如果，她告訴她父親，他是她這輩子遺世的戀人，她父親會怎麼說呢？

水聲嘩嘩中，時序回到那一年暑假，整整兩個月，她都待在南部一家會計公司裡實習。到處是嘈雜的車水馬龍，無論如何無法暗滅的陽光、衝動、欲望，一切像悶在油鍋底，就算再凌擾神祕，充其量也不過是吸納到頂頭的電風扇，黏膩而惹人嫌棄的浮渣。

有一天，她父親打電話來，說是家裡出貨到台南呢，順道看看人在高雄的她。她心底一陣激動，幾乎哭出聲來，和她父親約好在大統百貨前碰面。

當天中午，遠遠地她看見一位西裝筆挺的男人，交叉著雙手倚在百貨公司入口旁，不時低下頭去偷眼看錶，不時又抬起頭來左顧右盼，焦躁的神情彷彿——彷彿正在等待一位遲來的戀人，那樣喜不自禁與不安。

她站在逆光的陰涼裡，騎樓外篩落的陽光像金箔嘩嘩閃亮，百貨公司的展示櫥窗裡，一對穿著泳衣的模特兒笑得異常燦爛，那個坐在櫥窗前的纖瘦母親正哄著小女兒吃冰，不意被那雙小手推開了，小女孩邁著圓胖的短腿直直朝前奔跑，經過她父親面前突然跌了一跤。

那一刻，她忍不住跑過去喊：

「爸！」

這麼多年下來，她第一次如此近距離地看著她父親的臉。

（爸爸的臉，這就是他眞正的臉？）

「最後一眼！最後一眼！」機械性的聲音在遠處高喊著。

她低下頭去，發現自己白色的鞋尖有剝落的污黑，破敗的內裡像一張細小而扭曲的臉。

「來來來，我們雙手合十，再看最後一眼！」

彷彿賽璐璐片一秒二十四格快速播放的影像，拆卸開來卻是一動一動細微不已的舉手投足，總是被逼迫著交待一段情節、一個角色——一個父親的傷疤面孔↓髮型↓身高↓偏頭痛↓嗜飲咖啡↓失眠↓脾氣不定↓父女情感的微妙變化↓已婚中年男子的涉入——她想起長久以來，從小到大的作文簿裡，始終維妙維肖地編織，那些故事背後，它們所指涉的諸多面貌，究竟哪個才是屬於眞實呢？

（爸爸的臉，父親的臉，眞的是這個樣子的嗎？）

千篇一律的死亡氣味。

她父親面容安詳地躺在面前，口中咬含了一枚發亮的銅錢。四周的光線不確定地搖晃著，一幅幅白底黑字的布條自天花板向下延展，其上盡是白菊與劍蘭的肅穆。

「雙手合十、阿彌陀佛，親朋好友再看一眼！」

突然高拔的哭音，混亂，原本站在她身旁的女人失控地向前跪倒，嘴裡叫嚷著：「浩博！浩博啊！」

她望著伏在地上顫抖不已的女人，感覺到體內的某種心緒被迅速掏空——無數個夜晚，當她問起「爸爸」是什麼？她母親總是輕聲地說，讓我們想一想……五歲那年，她父親和她母親分開了，她母親太過於完美，使得「沒有父親」的傷害始終未嘗困擾了她，許多認識她的人都感到詫異：

「妳眞的是單親家庭的小孩？看不出來耶！」

她不懂，沒有父親的小孩應該是什麼樣子？她父親……他愛喝咖啡嗎？喜歡乾淨嗎？睡覺的時候會不會打呼？穿襯衫的樣子……她父親——不記得他喚她的語調，也不記得他的眼神是否曾經溫柔，更不曾明白他生命中的酸甜苦辣——

她父親……

「浩博啊，浩博！」

所以說，一切都是堅強的幻象嗎？

（爸爸的臉……）

「媽！」她迎向前去，朝地上的女人大喊。

——原載於一九九九年七月《明道文藝》第二八〇號

（本文獲第十七屆全國學生文學獎大專組短篇小說佳作）

〈後記〉

一場流啖四射的對決

駱以軍

耀小張：

此刻我和妻子好不容易將兩個野獸一般的孩子哄睡，妻子跟著他們睡，我上到鐵皮屋違建的閣樓寫信給你。

主要是，這兩、三年我的狀況始終不好。那個「不好」。我頗難向外人言明，以前我想對你們說這些挺沒意思，你們正是那麼年輕而輝煌，現在我想你比較理解，那即是「可以聽見沙漏細瑣聲響的時間的流逝」，眞實生命對一個創作者，他創作力的磨蝕。

其實那天和你們碰面後，我亦極沮喪，自己亦說了許多言不及義的話，後來你走後，我喝了酒，舌頭變大，甚至像個酸臭的老漢，講了許多許多蠢話。今天上你的網站，看了你的留言，內心非常震動（按：此處指二〇〇三年五月二十七日，本書作者於個人新聞台之留言：「我這麼珍惜著某軍，就像我珍惜彼時的青春，我常想到某軍的畫面就是我的青春，在我那麼年輕的時候，我無知地闖入一處輕輕撥動而引起極不相稱地巨碩回音的世界」詳見

http://mypaper.pchome.com.tw/news/renny915/）。

我要說的是，我珍惜你，你們幾個，才眞正是眷戀不忍自己的青春時期呢。我是那麼珍惜你們，以至於擔心你們會被什麼給碰壞。你的網站上出沒的那些怪奇的靈魂，總讓我想起我同齡時身旁的那群朋友，當然他們與我只是陽明山的喝酒瘋鬥的小聚落，但他們每一個都那麼特別，各自的身世和激烈的性格皆令我自慚（有一個處女座的傢伙是我至今認爲最本質性的詩人）。那時我爲身邊這些年輕而華麗的靈魂目眩神迷，不知有一天，這一切會轟然一聲消失，所有人都不見了。

我沒有那麼嚴厲啦（有時和妻子吵架，她皆會崩潰大哭，以爲我要打她，我說我只是和妳講道理，但她說，可是你的臉像要殺人。這是沒有辦法的，我長得太兇了）。

我只是有點替你急，純粹是技術層面的，這麼說好了：人生的每一階段都是不斷流動，對一個敏感心靈的創作者來說，沒有任何一種生命處境對創作是無效的，只是，你總無法在預知的未來歲月去回頭記下現在的自己。一如我現今無法、再無法寫出《妻夢狗》時期的作品了。時間拉得很長很長，你總會在哪一次創作時犯錯。

我年輕時崇敬畏怯以對的那些天才小說家，後來我卻撞見現場，他們各自在四十歲以後的創作關口，有各樣的命題讓他們摔落下來。我看見他們像哀傷的天鵝，困惑地啄理自己狼狽的頸弧翅膀，但這裡頭，只有強者會稍作整理，即疲憊地再度飛翔。這個景觀令我感動，比年輕時看見他們光華四射更莊嚴尊貴。

我是個人渣，如果我和你們幾位有緣可以保持這種長久的友誼的話，你們慢慢會發現，我是個「爛脾氣之人」。我總在想，如果有一個比我更高之心靈，他此時會對你作出怎樣的建議？你的一些去跑社會版的新聞所遭遇的種種，在我聽來皆豔羨不已，你調到文教線見識到的人事種種，亦是日後創作材料極珍貴的礦脈。沒有什麼是「所謂浪費」，但一定要「貌合神離」，把你的第一本小說當作第一順位的事，把它整理出來。

後來我身邊的那位處女座詩人，歷經到濱江花市賣花、到小公司學電腦3D動畫（還得了當年時報廣告金像獎），最後到宏碁的網路公司上班，現在是個不大不小的主管，但沒有人知道他曾經是個那麼華麗而自律嚴謹的詩人。

我好像話又說太多了。我的新書（按：即《遠方》一書）也許可以給你們打打氣（媽的，這樣的ㄔㄨㄚˋ賽爛書也敢出手），不過那已是我這兩年暴亂崩毀處境下，能零星偷得的破碎工作時間之極限了。但沒什麼，我仍記得自己很多年前像賭咒和你說過的一句話：「我眞正的小說高峰是在四十歲。」

看我亦是那麼在乎在那個畫面裡的自己。所以耀小張啊，你也要戮力以赴，在我的輝煌年代來臨之前，把自己變成眞正的強者，到時候上演一齣《星際大戰》裡的那一幕，在高空樑索上，用電光劍比試一場流燄四射的對決？

嘻。

駱渣，二〇〇三・五・二十六

附註：本文係駱以軍寫給本書作者之私人信件，今獲其同意以爲後記。

INK PUBLISHING

印刻

深耕文學與生活

劃撥帳號：19000691　成陽出版股份有限公司　掛號另加20元
本書目所列定價如與版權頁有異，以各書版權頁定價為準

文學叢書

1.	吹薩克斯風的革命者	楊　照著	260元
2.	魔術時刻	蘇偉貞著	220元
3.	尋找上海	王安憶著	220元
4.	蟬	林懷民著	220元
5.	鳥人一族	張國立著	200元
6.	蘑菇七種	張　煒著	240元
7.	鞍與筆的影子	張承志著	280元
8.	悠悠家園	韓・黃晳暎著／陳寧寧譯	450元
9.	想我眷村的兄弟們	朱天心著	220元
10.	古都	朱天心著	240元
11.	藤纏樹	藍博洲著	460元
12.	龔鵬程四十自述	龔鵬程著	300元
13.	魚和牠的自行車	陳丹燕著	220元
14.	椿哥	平　路著	150元
15.	何日君再來	平　路著	240元
16.	唐諾推理小說導讀選 I	唐　諾著	240元
17.	唐諾推理小說導讀選 II	唐　諾著	260元
18.	我的N種生活	葛紅兵著	240元
19.	普世戀歌	宋澤萊著	260元
20.	紐約眼	劉大任著	260元
21.	小說家的13堂課	王安憶著	280元
22.	憂鬱的田園	曹文軒著	200元
23.	王考	童偉格著	200元
24.	藍眼睛	林文義著	280元
25.	遠河遠山	張　煒著	200元
26.	迷蝶	廖咸浩著	260元
27.	美麗新世紀	廖咸浩著	220元
28.	台灣原住民族漢語文學選集—詩歌卷	孫大川主編	220元
29.	台灣原住民族漢語文學選集—散文卷(上)	孫大川主編	200元

30.	台灣原住民族漢語文學選集──散文卷(下)	孫大川主編	200元
31.	台灣原住民族漢語文學選集──小說卷(上)	孫大川主編	300元
32.	台灣原住民族漢語文學選集──小說卷(下)	孫大川主編	300元
33.	台灣原住民族漢語文學選集──評論卷(上)	孫大川主編	300元
34.	台灣原住民族漢語文學選集──評論卷(下)	孫大川主編	300元
35.	長袍春秋──李敖的文字世界	曾遊娜、吳創合著	280元
36.	天機	履　彊著	220元
37.	究極無賴	成英姝著	200元
38.	遠方	駱以軍著	290元
39.	學飛的盟盟	朱天心著	240元
40.	加羅林魚木花開	沈花末著	200元
41.	最後文告	郭　箏著	180元
42.	好個翹課天	郭　箏著	200元
43.	空望	劉大任著	260元
44.	醜行或浪漫	張　煒著	300元
45.	出走	施逢雨著	400元
46.	夜夜夜麻一二	紀蔚然著	180元
47.	桃之夭夭	王安憶著	200元
48.	蒙面叢林	吳音寧、馬訶士著	280元
49.	甕中人	伊格言著	230元
50.	橋上的孩子	陳　雪著	200元
51.	獵人們	朱天心著	260元
52.	異議分子	龔鵬程著	380元
53.	布衣生活	劉靜娟著	230元
54.	玫瑰阿修羅	林俊穎著	200元
55.	一人漂流	阮慶岳著	220元
56.	彼岸	王孝廉著	230元
57.	一個青年小說家的誕生	藍博洲著	200元
58	浮生閒情	韓良露著	220元
59.	可臨視堡的風鈴	夏　菁著	280元
60.	比我老的老頭	黃永玉著	280元
61.	海風野火花	楊佳嫻著	230元
62.	家住聖・安哈塔村	丘彥明著	240元
63.	海神家族	陳玉慧著	320元
64.	慢船去中國──范妮	陳丹燕著	300元
65.	慢船去中國──簡妮	陳丹燕著	240元
66.	江山有待	履　彊著	240元
67.	海枯石	李　黎著	240元
68.	我們	駱以軍著	280元

69. 降生十二星座	駱以軍著	180元
70. 嬉戲	紀蔚然著	200元
71. 好久不見——家庭三部曲	紀蔚然著	280元
72. 無傷時代	童偉格著	260元
73. 冬之物語	劉大任著	240元
74. 紅色客家庄	藍博洲著	220元
75. 擦身而過	莫　非著	180元
76. 蝴蝶	陳　雪著	200元
77. 夢中情人	羅智成著	200元
78. 稍縱即逝的印象	王聰威著	240元
79. 時間歸零	林文義著	240元
80. 香港的白流蘇	于　青著	200元
81. 少年軍人的戀情	履　彊著	200元
82. 閱讀的故事	唐　諾著	350元
83. 不死的流亡者	鄭　義主編	450元
84. 荒島遺事	鄭鴻生著	260元
85. 陳春天	陳　雪著	280元
86. 重逢——夢裡的人	李　喬著	280元
87. 母系銀河	周芬伶著	220元
88. 消失的台灣醫界良心	藍博洲著	280元
89. 影癡謀殺	紀蔚然著	150元
90. 當黃昏緩緩落下	黃榮村著	150元
91. 威尼斯畫記	李　黎著	180元
92. 善女人	林俊穎著	240元
93. 荷蘭牧歌	丘彥明著	即將出版
94. 上海探戈	程乃珊著	300元
95. 中山北路行七擺	王聰威著	200元
96. 日本四季	張燕淳著	350元
97. 惡女書	陳　雪著	230元
98. 亂	向　陽著	180元
99. 流旅	林文義著	200元
100. 月印萬川	劉大任著	260元
101. 月蝕	施珮君著	240元
102. 北溟行記	龔鵬程著	240元
103. 像一盒巧克力——當代文學文化評論	范銘如著	220元
104. 流浪報告——一個台灣旅人的法國行腳	阿　沐著	220元
105. 之後	張耀仁著	240元
106. 終於直起來	紀蔚然著	200元

朱西甯 作品集

1.	鐵漿	240元
2.	八二三注	800元
3.	破曉時分	300元
4.	旱魃	300元

王安憶 作品集

1.	米尼	220元
2.	海上繁華夢	280元
3.	流逝	260元
4.	閣樓	220元

楊　照 作品集

1.	為了詩	200元
2.	我的二十一世紀	220元
3.	在閱讀的密林中	220元
4.	問題年代	280元
5.	大愛	350元

成英姝 作品集

1.	恐怖偶像劇	220元
2.	魔術奇花	240元
3.	似笑那樣遠，如吻這樣近	280元

張大春 作品集

1.	春燈公子	240元

季　季 作品集

1.	寫給你的故事	280元
2.	我的姊姊張愛玲	320元

平　路 作品集

1.	玉米田之死	200元
2.	五印封緘	220元

文學叢書 105

INK PUBLISHING

之後

作　　者　張耀仁
總 編 輯　初安民
責任編輯　施淑清
美術編輯　張薰方
校　　對　施淑清　張耀仁

發 行 人　張書銘
出　　版　INK印刻出版有限公司
台北縣中和市中正路800號13樓之3
電話：02-22281626
傳真：02-22281598
e-mail:ink.book@msa.hinet.net
法律顧問　林春金律師

總 代 理　成陽出版股份有限公司
業務部／訂書電話：02-22256562　訂書傳真：02-22258783
訂書地址：台北縣中和市中正路800號11樓之2
e-mail：rspubl@sudu.cc
網址：舒讀網 http://www.sudu.cc
物流部／電話：03-3589000　傳真：03-3581688
退書地址：桃園市春日路1490號
郵政劃撥　19000691 成陽出版股份有限公司
門市地址　106台北市新生南路三段96-4號1樓
門市電話　02-23631407
印　　刷　海王印刷事業股份有限公司

出版日期　2005年11月 初版
ISBN 986-7420-83-7
定價　240元

Copyright © 2005 by Chang Yao-Jen
Published by INK Publishing Co., Ltd.
All Rights Reserved
Printed in Taiwan

國家圖書館出版品預行編目資料

之後／張耀仁 著.--初版,
--臺北縣中和市：INK印刻,
2005〔民94〕面；　公分（文學叢書；105）

ISBN 986-7420-83-7（平裝）

857.63　　94014238

版權所有・翻印必究
本書如有破損、缺頁或裝訂錯誤，請寄回本社更換

INK INK INK INK INK
INK INK INK INK INK INK
INK INK INK INK INK
INK INK INK INK INK INK
INK INK INK INK INK
INK INK INK INK INK INK
INK INK INK INK INK
INK INK INK INK INK INK
INK INK INK INK INK
INK INK INK INK INK INK
INK INK INK INK INK
INK INK INK INK INK INK
INK INK INK INK INK
INK INK INK INK INK INK
INK INK INK INK INK
INK INK INK INK INK INK
INK INK INK INK INK
INK INK INK INK INK INK
INK INK INK INK INK
INK INK INK INK INK INK
INK INK INK INK INK
INK INK INK INK INK INK
INK INK INK INK INK
INK INK INK INK INK INK

K INK INK INK INK INK INK
INK INK INK INK INK INK I
K INK INK INK INK INK INK
INK INK INK INK INK INK I
K INK INK INK INK INK INK
INK INK INK INK INK INK I
K INK INK INK INK INK INK
INK INK INK INK INK INK I
K INK INK INK INK INK INK
INK INK INK INK INK INK I
K INK INK INK INK INK INK
INK INK INK INK INK INK I
K INK INK INK INK INK INK
INK INK INK INK INK INK I
K INK INK INK INK INK INK
INK INK INK INK INK INK I
K INK INK INK INK INK INK
INK INK INK INK INK INK I
K INK INK INK INK INK INK
INK INK INK INK INK INK I
K INK INK INK INK INK INK
INK INK INK INK INK INK I
K INK INK INK INK INK INK
INK INK INK INK INK INK I